素心如简

尹维鸿　颜英　主编

北京日报出版社

图书在版编目（CIP）数据

素心如简 / 尹维鸿, 颜英主编. — 北京：北京日报出版社，2022.7

ISBN 978-7-5477-4344-7

Ⅰ.①素… Ⅱ.①尹…②颜… Ⅲ.①散文集—中国—当代 Ⅳ.①I267

中国版本图书馆CIP数据核字（2022）第107007号

素心如简

出版发行：	北京日报出版社
地　　址：	北京市东城区东单三条8-16号东方广场东配楼四层
邮　　编：	100005
电　　话：	发行部：（010）65255876
	总编室：（010）65252135
印　　刷：	北京军迪印刷有限责任公司
经　　销：	各地新华书店
版　　次：	2022年7月第1版
	2022年7月第1次印刷
开　　本：	710毫米×1000毫米　1/16
印　　张：	16
字　　数：	210千字
定　　价：	88.00元

版权所有，侵权必究，未经许可，不得转载

编委会

总 策 划：沉香红

主　　编：尹维鸿　颜　英

执行主编：张奇珍　向　莉　林文达　张轶慧

副 主 编：戚文华　张小燕　候娟利　周雪凤

编　　辑：陈希茜　郭远兰　蔡晓菲　李翠连　胡　珍
　　　　　　衷慰力　沈玲萍　杨晓艳　杨晓凤　徐婷婷
　　　　　　易若冰　熊艺楸

文心一片寄岁月

司红

在我心中，沉香红老师为热爱写作的人推开了一扇前往文学之路的门。那里，有文字的芳草遍野，有墨韵的沁人香气。

2021年，我正式加入"香红写作学院"。老师发来听课与作业辅导方式，询问我是否考虑好了。在此之前，我曾多次辗转流连老师的朋友圈，看到她发的写作心得、学员收获，内心怀揣向往，期待自己能够成为其中一员。因而跟随香红老师学写作不是一时的心血来潮，而是深思熟虑后的决定。

如今付费学习发展势头迅猛，许多写作班如雨后春笋应势而生，然而香红写作学院有自己的特色，如深深扎根的竹子，青翠挺拔。吸引我的正是这些特色。香红老师写作多年，经验丰富；对待教学认真负责。写作班学习氛围浓厚，学员之间彼此鼓励和分享，社群里始终流淌着温情。

在课堂上，让学员收获知识，真正提升自身写作水平，是香红老师的理念。她带领我们重新认识和回顾多类文体的写作手法，主题明确的系统化课程总能让人恍然大悟，利于梳理自己的思路。每周的作业辅导则成为大家翘首以待的"盛事"，因为不知道哪位同学能够得到老师的专门辅导，每个同学又都特别希望自己的习作被点评。点评中，香红老师总能一针见血地指出文章存在的问题，瞬间让人醍醐灌顶；她给出的修改意见，让人心服口服。有时候听她说一段话，便可以明白自身存在的许多问题，及时进行改进。

第一次参与作业辅导时，我内心忐忑，将自己的文章翻来覆去通读了好几遍，力求结构完整、语句通顺。好在功夫不负有心人，老师表扬了我，并说可以推荐到报纸发表，这无疑是对我极大的认可与鞭策。在接下来的学习中，我增强了写作的信心，继续笔耕不辍。课堂点评之余，老师开通了邮箱用来交流，学员可以将自己的文章发到老师的邮箱，她会及时给予点评指导。有时候夜里忽然看到邮件回复，心中不由得感到温暖，在心里默默对老师说句"感谢"。离开校园多年后，香红老师让我回想起学生时代语文老师细细批阅的场景，练习册上的红色批注如今成为屏幕上诚恳殷切的教诲。虽说传道授业解惑的方式有所改变，但我对文学的赤忱热爱，一如往昔；老师对学员的指导，依旧令人感动不已。

教学和辅导，是学习的重点。除此之外，香红老师还指导从未发表过作品的学员开启"破冰之旅"，让每个学员都有机会将自己的文章变成铅字，被更多的文友看到。她鼓励已有基础和文章积累的学员，积极整理作品，坚持不懈，出版书籍，让散发墨香的书册成为生活中的温暖存在。她还策划出版文集，将学员的作品结集成册，送往读者手中，让学员如同带着梦想振翅飞翔的鸟儿，飞往更为辽阔的希望的天空。

《致教育》的作者汤勇先生曾这样说道："不忘教育初心，方得育人始终。不忘教育初心，教育就能够找到回家的路，回到那个温馨而温暖，充满诗情画意的'家'。"香红写作学院，弥漫着书香与温暖，大家为彼此的作品发表而欣喜，也互相交流写作资源。我们来自五湖四海，却由于对文学的热爱而成为"家人"。在这样的大家庭中，我们找寻回到写作路途的小径，抵达宁静淡然、素心不改的文学家园。

桃李不言自芬芳，春风化雨润心田，有些感激埋藏在灵魂深处。香红老师不仅带来一束燃烧着光明的火把，照亮我的初心，督促我用热爱执笔前行，书写一行行诗篇；还带来一缕清澈泉水，让梦想澄澈。即使水流蜿蜒不断，但这缕涓涓细流最终可汇入汪洋大海。

往事如烟，雪泥鸿爪，人生漫漫，步履不停。追逐文学之梦的道路上，我们或许会遇到挫折，会面对着空白文档写不出只言片语，会对自己的写作能力充满怀疑，但是请相信梦想的力量，不忘初衷，坚持阅读和写作，脚踏实地的同时，亦能仰望星空。相聚香红写作学院，让我们在文学旅途上且歌且行，于字里行间欣喜相逢，收获美好灿烂的未来。

生命里的一束光

杨晓艳

15岁那年，我写了一篇《在那鲜花盛开的山上》，有幸在市群众艺术馆举办的征文比赛中获奖，当获奖证书和两本书《乡土行吟》及《吴苏宁词选》寄到学校时，我内心就深深地种下了一颗文学的种子。

30岁前，我写过一些自认为是小说和诗歌的文体，后来才明白，我的那些引以为豪的文字不叫文学。

2015年，我添加了沉香红老师的微信，令我深深震撼的是她那不同寻常的人生阅历：一个女子勇敢地独闯非洲，克服恶劣的生活条件，笔耕不辍，写出了让人眼前一亮的《苍凉了绿》。老师常常在朋友圈写一些文字，关于人生、爱情或孩子，就像磁铁似的吸引了我，我常常想，有一天我一定要跟着老师学习写作。

2020年10月15日晚上，我从朋友家出来，天空下着瓢泼大雨，寒风刺骨，我不禁瑟瑟发抖，一边走，一边望着雨水滴到地上溅起的涟漪，心底有个声音告诉我：去成长吧！努力成为更好的自己。

回到家里，温暖的灯光，温暖的空气，我迫不及待找到老师的微信，先咨询了学习的事项，后来我告诉老师自己很自卑，很孤独，老师问我有没有看过《做自己的豪门》，她鼓励我好好学习写作，还说文字可以抚慰我们的心灵，只要脚踏实地，一定会看到一个怒放的生命。

几天后，从快递点取回《做自己的豪门》，我如获至宝，紧紧地攥在手里。那天阳光明媚，小区里树木翠绿葱茏，小鸟叽叽喳喳地鸣叫着，我的心里充满了喜悦，冬天就快过去了，春天还会遥远吗？

我急切翻开书，贪婪地读着每一篇文章，其中有段话令我刻骨铭心："生命必须有裂痕，阳光才能照进来。"如果把曾经的苦难看作命运给我们的绊脚石，还会有这么精彩的结局吗？

从此，我感觉生活充满了希望。每周六晚上，不管是陪读还是在家，我都早早收拾好，认真听老师上课，就像被春雨滋润过的小树，生命充满了力量与能量。

老师的课程令我豁然开朗，我知道了如何取标题、如何布局，以及各种文体的分类等，我甚至后悔没有早点跟着老师学习。一月底，我收到了父母从老家寄过来的腊肉和腊鱼，不禁潸然泪下，虽然远隔千里，我依然能尝到故乡原生态的美食，感受到父母无微不至的爱，心里既感动又难过，难过自己多年来陪在父母身旁的日子屈指可数。透过朦胧的泪眼，我在电脑上敲下了一篇《舌尖上的烟火》，经过老师悉心的指导发表在故乡的报纸上，这是老师带给我的成长。

韩愈说："师者，传道授业解惑也。"香红老师的人格魅力吸引了我，她对每个学生都尽心尽力，毫无保留。她还帮助我们联系发表作品的渠道，把最新的投稿资源分享给学生。试想，一个新人，在这个浮躁的时代，如果没有老师的指导和推荐，想短时间内取得成功，并不是一件容易的事情。

香红老师自强不息的精神鼓舞了我，她说取沉香红这个笔名，是要时时刻刻提醒自己，写作需要沉淀，要沉得住气。老师还说腹有诗书气自华，多读书、读好书，灵魂才会有香气。在老师潜移默化影响下，我翻开家里那些沉睡多年的书，仔细去阅读，并把好词好句都记下来。

  自从加入老师的写作班，我就感觉过得非常充实，灵感总是源源不断，想写的东西层出不穷。老公说我"着魔"了，但他心里很高兴，他看到了我的变化，我的成长。在家里，我不再是那个整天唠唠叨叨的女人了，也不是那个怨天尤人的女人了，而是个积极阳光，每天高高兴兴地生活，对未来有自己的规划和憧憬的女人。

  在老师的耐心指导和大力推荐下，我现在陆续发表了近十篇文章，虽然路还很长，但我一定会跟着老师踏踏实实地走下去，我相信我的未来不是梦。

  感恩生命，感谢有你！香红老师，你就是我生命里的一束光。

目 录

100元过好一生	爱小爱	001
不露痕迹的善意	李沁蔓	004
不忘初心、不负韶华	张奇珍	007
草间清欢	向阳枝	010
遇见未知的自己	直 木	013
低眉浅笑一倾城	周雪凤	016
初春的雪夜	刘婷婷	019
纷华不染,与善同行	胡子如	022
古镇情	一荷一	025
故乡那条路	李 银	028
行走在雪地里的一挑年货	卢新芳	032
花的庙堂	熊艺椒	035
花石人家	任正义	039
华美的时光	尹喜梅	043
今年花胜去年红	樊 昭	047
金色童年——百年香槐	惠新平	050
狂恋夏日	婉 州	053
妈妈的"记账本"	丁立英	057
斯人若彩虹	徐婷婷(直木)	061
梦想的力量	依依净莲	064

梦想开始的地方	胡　珍	067
母爱弥漫的流年	杨晓凤	070
那一碗爽心入胃的鸡蛋茶	周晓凡	073
南湖，心灵的沉静之行	郭远兰	076
你是我的四月天	司德珍	079
努力过上自己喜欢的生活	涂烨蕾	082
牵一只蜗牛去散步	素心若雪	085
青天外	蔡晓菲	088
清甜时光	侯娟利	091
人间烟火，最是清欢	孙燕凤	094
手冲咖啡之初体验	衷慰力	097
四季里的童年	郭天青	101
四月春	於学伟	105
送你一朵红玫瑰	李翠连	108
素心如简	一荷一	112
桃花山里桃花仙	鸿雁	115
外婆的聚宝盆	王玉娟	118
我的文学之路	黄锦飞	120
相出来的爱情	云梦汪娇	123
雪中梅，寻香而落	一荷一	127
寻觅烟火气里的诗意和远方	彭　琼	129
一个爱做梦的女孩	爱小爱	132
一颗牛奶糖的回忆	李　银	136
隐藏在时光里的爱	韩　歆	139
幽兰	一荷一	142

有时候，不必将所有风景都看透	司 红	145
有无相生　梦悟红楼	宋晓萍	148
有些遗憾，何尝不是一种美好	乐从心	151
又见一树梨花白	林之秋	154
与父亲和解	周彩霞	157
竹山听雨	鸿 雁	161
追梦路上，闪闪发光的是自己	酒慧慧	164
泸沽湖	陈希茜	166
当时只道是寻常	胡艳芳	169
小夏天	梅月帆	172
帕米尔，人间一方净土	一荷一	174
回不去的少年时代	李 银	178
美，既是眼睛看，也是耳朵听的	颜 英	181
韭菜	李 银	184
心有热爱，保持自我，走向生命的大美	梅月帆	187
一生只够爱一人	龙飒岑	190
山河草木皆远方	李翠连	195
半个秋天落下来	周雪凤	199
祖母纳的千层底	周雪凤	202
爱你，不纵容你	颜 英	205
没有不拉弓就射出的箭	颜 英	208
人得志时，低调三分更稳当	颜 英	211
食神妈妈不是大厨	颜 英	214
掌心里的爱	颜 英	217
只要你愿意，永远是少年	涂烨蕾	220

03

父亲的号角	李　银	223
还是他	婉　州	226
唤醒	张轶慧	229
跑车逸趣	金熙昆	231
梦中狂野	金熙昆	234
窦棚沟畔听蛙鸣	尹维鸿	237
建菊	五非鱼	240

100元过好一生

爱小爱

2011年的春天，我读大四，正值毕业季，各大企业都来学校招聘。我还没参加过任何招聘会，那天看到某企业的宣讲会预告后，我怀着好奇走进了会场。那应该是一家不错的企业，教室里满满当当都是人，为了看得清楚一点，我挤到了教室中间的空位上。

我已经记不得宣讲人长什么模样，只记得他讲了几句开场白后，忽然从裤兜掏出一张100元钞票，高高举起那张钞票并在空中晃了晃，问大家："谁愿意拿1元换我的100元？"刚开始大家都有些蒙，教室里突然变得安静了，他没在意，接着问："谁愿意拿1元换我的100元？"这时，台下陆陆续续有人举起了手，有胆大的还会喊上一句"我愿意"。

我当时想，他是想干吗呢？然后一个激灵，慌忙从抽屉中抽出书包翻起来，心里默念"拜托！拜托！"，终于瞅见一张1元后，我两眼放光，长舒一口气，好像从未见过这么可爱的1元钱。环顾四周，我不由得纳闷："怎么回事？大家都没意识到吗？还是不好意思？或者都没带1

元钱？"台上的宣讲人依然举着那张100元钞票在讲台上来回踱步，嘴里重复着那句话。我停顿了两秒，把书包胡乱地塞进去，站起身来。

此刻，我心里只想着快点快点再快点，生怕被别人抢了先。我一边赶向讲台，一边留意着周围的动静，还好，一直没有出现其他"竞争者"。

所以，当我终于踏上讲台时，我心里没有一丝胆怯，竟有几分激动。我知道，此刻身后正有几百双眼睛在盯着我，但有什么好害怕的呢？事情本该如此。"我做得很好，放心去吧，我可以的。"我暗自鼓励着自己。

我径直走到宣讲人跟前，诚恳地递出自己的1元钱，坚定地对他说："我愿意！"

可万万没有想到的是，那位宣讲人竟然置之不理，像完全没有看到我一样，依然自顾自地在讲台上来回走着，重复着那句"谁愿意拿1元换我的100元？"，我顿时愣住了，脸唰地热起来，我紧紧地攥着那张1元钱，不免有些惊讶和尴尬。"怎么回事？"一个个问号盘旋在我的头顶，不过我没打算就此放弃，我让自己镇定下来，肯定是我漏掉了什么……忽然，灵光一现……虽然不确定这样的判断是否正确，但我愿意相信自己，愿意去放手一搏。

此时，宣讲人已经走到了讲台的另一边，我跟跟跄跄地凑过去，大胆果断地从他手里抽走他的那张100元，又踮起脚尖费力地把自己的1元钱塞到他手里，然后鞠躬说了声"谢谢"，转身准备走。

就在这时，那位宣讲人终于停止了重复那句话，身后传来他有力的掌声，台下也跟着响起了雷鸣般的掌声。宣讲人非常感慨地说，他在许多学校做过这个活动，但从来没有一个人像我这样勇敢而机智地换走他手里的100元。他想告诉我们，机会往往就在我们眼前，唾手可得，但很可惜，许多人就这样错过了；机会从来不会主动送到我们手里，需要自己去争取。

因为我这次的出众表现，那位宣讲人看到了我的潜质和优势，宣讲会结束后，他和我促膝长谈，表示非常看好我，愿意带着我，只要我好好干，一定可以成为一个了不起的人。但因为那是我第一次参加招聘会，无意于这样"草率"的签约，而且他们公司在西安，不是我一心想去的北京、深圳，所以我婉拒了他的邀请。

其实后来，我的应聘之路并不像第一次那样顺利，我很难再遇到那样欣赏我、鼓励我的人。有时回想，心里难免遗憾。俗话说，"千里马常有，而伯乐不常有"，如果我那时答应了他，跟他好好学，今天的我会不会是一番完全不同的景象呢？

不过，无论如何，我都非常感激那次的机缘，感激那张100元，它让我照见了希望，照见了开启幸福人生的钥匙。其实这些年，我不就是这样无所畏惧地走过来的吗？

生活中，每天都有许多张100元在我们眼前晃荡，甚至是百万、千万，就看我们怎么把握。你可以有100个理由选择犹豫、退缩，也可以有100分的勇气去争取、尝试。把握机会，才能创造理想人生。

如果我当初怀疑了、胆怯了，我损失的肯定不止那100元，还有面对未来、面对一切机会与挑战的自信和勇气。正是我一次次勇敢地迈出果断而坚定的步伐，才成就了今天的自己。

"100元过好一生"的秘密，你知道了吗？当你感到犹豫、迷茫的时候，想想我这个故事吧。别担心，其实不会很难，只需要稍稍迈出一小步，迈出去，就有奇迹发生。

不露痕迹的善意

李沁蔓

母亲年纪越来越大,她的有些举动让我难以理解:她总是把家中那些陈旧、锈迹斑斑的菜刀、剪刀收藏起来,并叮嘱我千万不要丢掉。我问母亲原因,她笑而不答。

一天,母亲在厨房煲汤,我在阳台浇花拔草。忽然,母亲走出来,趴在花架上向楼下张望,说:"是刘老头儿来了吧,你帮我看着汤。"我还没回过神来,母亲已经迅速闪身进屋,从橱柜里拿出一个看起来很沉的袋子出门,下楼。

刘老头儿是个走街串巷的磨刀匠,衣着朴素干净,70多岁了,有些驼背,白头发白胡子,容貌清癯,却精神矍铄。只要窗外响起刘老头儿"磨菜刀啰,磨剪刀"那独特、苍老、沙哑、故意拖声拖调的吆喝声,妈妈就拿着家里的切菜刀或砍骨刀,或剪刀出去了。

远远地看到我的母亲,刘老头儿眉开眼笑,热情地招呼:"来啦!老姐姐。"他停下手里的活儿,从凳子上站起来,无比恭敬地用双手接过母亲手里的袋子。

"家里农活忙完啦？！""忙完啰！""家里都好吧？""多谢你的挂念，都好，都好！"这样的对话，年复一年，持续多年。

常有磨刀师傅来小区里吆喝，母亲以前从不固定找谁磨刀。有一次，恰好遇上刘老头儿。那是一个寒冬腊月极冷天，他却满头大汗，额上豆大的汗珠直往下滚，脸色惨白，面容痛苦。母亲看出不对劲，上楼给他端来一杯糖开水。刘老头儿喝下去后，眼见着脸色就红润起来。当过赤脚医生的母亲知道，他这是饿出来的低血糖。母亲又给他送去面包牛奶，让他垫垫肚子，他却满脸通红，像被蛇咬了一口似的，连连后退推辞，快速收拾好磨刀工具，匆匆离开。

至此，刘老头儿几乎每月来小区一次。我的母亲，把常用的、不常用的，种花用的小锄头，甚至弃用的菜刀剪刀全都收集在一起，只等他来。这个月拿这把，下个月拿另一把，轮换着拿去给他磨。总之，只要他来，从没落过空。

我不明白母亲为什么要这样，家里哪用得上那么多刀啊剪的。实在不好用了，重新买一把就行了，何必如此大费周章？我找出那些陈旧的刀具，打算丢掉。母亲生气地抢过去，宝贝似的放在储物柜里。

刘老头儿性格随和，技术精湛，工作起来认真细致，他磨过的刀锋利好用。在我母亲的宣传与游说下，我们小区几乎每家的刀具都固定等他来磨。大人小孩都叫他"刘老头儿"，他总是乐呵呵地应答。几个调皮的小男孩跟在他身后，学他佝偻着，将玩具枪扛在肩上，边走边吆喝"磨菜刀啰，磨剪刀"，他也不恼。

他自制的磨刀工具很有特色，一条长凳一端绑着厚厚的海绵垫，另一端钉着一截木方用来固定磨刀石，凳子腿上绑着一个割开的塑料瓶，装满磨刀用的水。他的身上随时斜挎着一个用化肥口袋裁剪缝制的包，针脚又长又乱。包里装着几块磨刀石，不同的刀具，用不同的磨刀石。

磨刀这个职业虽然赚不了大钱,因为人们生活中离不开,却也生意不断,赚点小钱贴补家用还是没问题的。母亲不知道从哪里听来,刘老头儿的老伴儿瘫痪在床多年,儿女各自成家且家庭困难,自顾不暇,难以兼顾二老。刘老头儿为了省钱给老伴儿买药,常饿着肚子干活。刘老头儿性格倔强,自尊心强,不愿接受别人的同情与施舍。

看着母亲乐此不疲的样子,我忍不住说:"妈妈,你要帮刘老头儿,就送他些衣物,或者在付钱时多给点不更好?"母亲听了,认真地说:"人都是有自尊的,他能坚持出来靠手艺吃饭,就是个有骨气的人。我要是那么明显地帮,他肯定会觉得我是在可怜他。我拿着刀具去,让他有活儿干。动员其他家庭也把刀具拿去给他磨,让他有钱赚,这样不露痕迹帮他不更好嘛。"听了母亲的话,我暗自惭愧,深深佩服母亲的善良与睿智。

原来,天底下最好的善意就是不露痕迹地帮到别人,还能兼顾对方的感受,让他心安。我想,刘老头儿也未尝不懂母亲的善良用心,但他用劳动换得报酬,他接受得坦然、开心。在坦然中接受人间善意,也是一件幸福的事情吧!

不忘初心、不负韶华

张奇珍

苏格拉底说："世界上最欢乐的事，莫过于为梦想而奋斗。"

而我，从小心中就有一个伟大的梦想：我想成为一个对社会有很大贡献的人。

从小一直觉得自己是一个特别不一样的孩子，当别的孩子在淘气的时候，我的心中经常会涌现出许多天马行空、不切实际的想法，总是幻想着有一天我能够为这个世界做很多有意义的事情，幻想着我能够影响很多人，很多人会因为遇见我而变得更加美好。

带着这样的一个梦想，20岁的我踏进了社会。我一度认为，如果我是一个企业家，那么我就可以对社会多做一些贡献，我也可以去帮助更多的人。因此，我开启了不停地摸爬滚打的模式，一路爬坡过坎地折腾。即便是折腾的路上跌过无数的坑，也安慰自己这是去往梦想和幸福的来时路，最后我一定会对努力爬出这坑的自己充满感动的。

然而，20年的青春就像一阵阵滑过脸颊的风，风里带着甜、夹着咸，你期待它开出莲花来，它长出来的却是酸柠檬，我的生命始终找不到遇见光的出口。我逐渐学会接受自己没能成为曾经预想的那个模样，是成长，也是功课。

起起伏伏的日子就这样流过，一直到2019年年底，我有幸进入一个全新的领域，开启了我人生新的一扇大门，从此我拿到了智慧的钥匙，在成长的道路上，有机会慢慢地去领悟生命的真谛。我才知道，原来红尘万丈，我们能够倾情演绎好的最重要的角色就是自己。

电影《返老还童》里有这么一段话："做你想做的人，这件事没有时间限制。我希望，你能见识到令你惊奇的事物；我希望，你能体验未曾体验过的情感；我希望，你为你的人生感到骄傲；如果你发现自己还没有做到，我希望，你有勇气从头再来。"

我庆幸，我有勇气从头再来。我选择了再次勇敢出发，换一种活法去续写这珍贵的人生。我踏上了一条更加宽阔的道路，这是我能够活出生命最佳意义的道路。

也因此，我成了一名身心疗愈师；也因此，我融入了一个前所未有的团队，有了一群彼此敞开心胸、信任的家人；也因此，我开始学会去把心打开，去敞开自己，去连接每一个来到面前的人。

这个打开的过程开启很快过程很慢，因为人往往习惯走脑。这是一个漫长的校准的过程，从走脑到走心的过程，而这段路是最长的路。我把这个过程落地到每一天的生活中，在点点滴滴中温柔而坚定地向下扎根、再扎根，我变得非常有耐心，因为我已经知道如何走心地去活。

我也在这个过程中慢慢地用更高的维度、一点一点地去阅读这个世界，阅读发生在每个人身上的每件事，背后那份来自生命源头的提醒和无条件的爱。我开始真正地懂得了如何去活出生命的意义，我找回了我年少时的梦想，找回了我今生来时的初心。

原来我们的生命蕴含着各种各样的祝福、恩典与喜悦，而我们需要用心去看才能看得到。虽然我变得越来越忙，但是内心却越来越沉稳、从容、淡定。因为我所做的事情不再是为了做事而做事，我开始为了他人生命的成长而去服务，有时是一次心与心的对话，有时是一场公益沙龙，有时是一次课，无论哪一种方式，我越来越多地看到一个个生命因为走近我、走近我们这群家人而有了亮光。

生命不是一场游戏、不是一场空跑，更不是一个漫无目的的旅程，反之，生命有一个神圣的目标。没有什么比活出我们生命原本的纯粹与爱更加珍贵，没有什么比去托起一个个生命更加伟大和荣耀。

心之所向，身之所往，终至所归！

愿我们都能不忘初心、不负韶华！

草间清欢

向阳枝

观中国书法，草书自成高格。有人说，草书最能代表中国书法艺术，因为它呈现了书法节奏、韵律、表意的最高层次。看张旭、怀素的书法作品，顿觉凛然清气扑面而来，那是一种见天地、见日月星辰、见行云流水的自然气韵。

自然气韵清冽流畅，令人神清气爽。

故而，草书之"草"断不能以潦草之意附会，那是采撷自然精华、欢畅生长之"草"。书法以"草"命名，这是对草的嘉许。

草与花为邻，花繁盛，草清明。若满目碧草，又得清风浅吟掠过耳畔，心头涌上的是浮世三千中的一瓢清欢。

春天的野菜属草。三月末四月初，春光和暖，浅草绒绿，是采摘茵陈的好时节。恰如民间谚语所言："三月茵陈四月蒿，五月六月当柴烧。"茵陈属蒿类，我一直觉得，苏东坡词中"蓼茸蒿笋试春盘"之"蒿"便是茵陈蒿。茵陈叶叶面葱绿，浑身遍被绵密细软的白色茸毛。刚刚生发的茵陈常围作一团,像一团白雾中氤氲着一些碧色,看上去柔柔嫩嫩。不需要用坚硬的工具去挖,只需用手轻轻一掐,便似把春天赠予的礼物托于掌心。

茵陈是我童年记忆中最美妙的一种野菜。母亲常说:"多吃茵陈可养肝护肝。"于是,带着母亲的期许,沐着春日的光辉,采摘茵陈变成一件有些庄严又满心欢喜的事。母亲会把采回的茵陈一遍遍地清洗干净,而后剁碎、拌上面粉,再揉捏成团,上锅蒸熟;菜籽油烧热、撒花椒粒,与酱油、醋等调成汁。鲜嫩柔软的茵陈菜团蘸着酸咸可口的汁,吃起来有种特别的清香。

多年后,我一直记得那样的清香。它散溢在时光的罅隙里,带着暖阳、清风及泥土的芬芳。以至于即使远离故乡,每逢春回大地,我都要去郊野走一趟,采一些茵陈回来,让它成为餐桌上一道特别的点缀。

山间的药材,也大多是草。父亲早年学医,他的床头总是放着厚厚的药典,其中几本是讲中药材的。出于好奇,我也常常翻开来看,书颇有些分量,白纸黑字,没有任何色彩,我每每看得津津有味,全是因为上面画着的草药植株脉络清晰、细节传神、栩栩如生。

父亲常于山间采草药回来。这些草药,日常可泡水喝。家人若有小疾,父亲便会细心搭配,熬成药汤,喝上几日,便可痊愈。中药的苦是发散开来的,从舌尖一直苦到舌根,且总要咕咚咕咚喝上一大碗才算完事。但那冒着热气的黑褐色的药汤里,分明沉淀着生活的回甘。

因为父亲的缘故,对于附近山间的草药,我也颇认识几味。草药不像普通的草那样大片大片生长,它们大多是一株一株单独生长在幽僻之所。因而,寻草药,就像寻知己一般。红丹参会开紫色的花,茎叶碧绿,姿态清绝。前胡常生长在崖边甚至是陡崖上,葳蕤一丛,绿意丰盈,怡然自得。

于众多草药中,春兰似乎是平常的,因为极易寻见。春兰的花呈绿色，从叶间抽出三两枝，极其素淡。幼时的我，一度不认为那是花。直到后来读书，读到孔子与兰花的典故，心下惊叹："兰花之不俗，我竟不识！"书中说："孔子自卫返鲁，隐谷之中，见香兰独茂，喟然叹曰：'兰为王者香，今乃独茂，与众草为伍。'乃止车，抚琴鼓之……"由是，孔子做《幽兰操》："习习谷风，以阴以雨。之子于归，远送于野……"

悠悠琴曲，宛在耳畔；兰之猗猗，于山间，扬扬其香。

"草"字极简而韵致悠远，写起来天朗气清；草之国度，清露泠泠，风物洵美，不可尽说。

遇见未知的自己

直木

对于自己三十岁的生命，我想温柔地对她说："我喜欢你，甚于昨日，略匮明朝。"

我没有像很多有智慧的人一样，从很小的年纪就开始思考诸如我是谁、我从哪里来、要到哪里去等这样的富有人生哲理的问题。我只是记得，小小的我，身着一个纯白的背心，背心的前面是手工绣上的火红的太阳图案，如同时空穿梭般，只需要一个转身，下一秒的记忆便成了念初中时最喜欢穿着连衣裙转圈的那个我，这是我对自己生命最初的记忆。当然，我也是那个从亲朋那里听到的各个版本的我的集合体——是那个生病了打针时只会瞪大眼睛盯着大夫却一声不哼更不哭的我；是那个只需要一个简单的语言指示，就可以随时随地自带配音跳起迪斯科逗得大人们笑得前仰后合的我；是那个每天严格遵守妈妈所说的"早上洗脸见人，晚上洗脸养皮"乖巧爱清洁的我；更是那个从会流利地讲话就一直追问爸妈什么时候给我生个哥哥的我……我的整个童年，有点木讷，又有些乖巧，稍纵即逝。

我的生命就在我日复一日地追问中，滑进了我的少年时代。这个阶段，我对周遭的一切充满了严重的好奇，之所以称之为"严重"，现在想来，应该是因为超出了日常心理状态能接受的好奇心的程度。我会好奇玩火到底是一种什么感觉，于是在某一个日子里，我带着堂妹，悄无声息地点着了姥姥家的仓库，引得近乎全村总动员般的灭火行动，总算是勉强地保住了与仓库相连的堂屋，避免了大火将所有的屋子都付之一炬。我也会好奇，蛇那么细小的身体，怎么能够吃得下蟾蜍充气般圆鼓鼓的身体，于是在一次雨后，我非常巧合地见证了蛇吞蟾蜍的悲壮场面，虽然近乎耗用了我一天的时间，但是我看得津津有味甚至还感悟出哲理：人心不足蛇吞象，可能是真事！这便是我与众不同的、充满好奇的、惹是生非的少年时代。

我是女生，对于这个性别的认知让我觉得自己是从少年懵懂的阶段突然就跳进羞涩爱美的青年时代，因为我开始有喜欢的男生了，就是那种长着细长细长的手指，说话轻柔又富有磁性，成绩优秀又擅长绘画，唱歌好听却眼神傲娇的男子。我时常幻想着自己是剧中的女主，或者从丑小鸭变成白天鹅，或者像灰姑娘穿上了水晶鞋……一方面担心"心悦君兮君不知"；另一方面又安慰自己"我喜欢你，与你无关"，就这样心事左右摇摆在朦胧的岁月里，任青春的暗恋之情随着一本一本的必修和选修课的课本一起被收藏了起来，直至大学毕业。

毕业后，我终于做了一个摩羯座应该做的事情：拎得清感情和事业的区别，怀揣着"得之我幸，不得我命"的感情观和想要勇闯事业、改变世界的梦想，我在健康产业做过健康管理师，也做过企业管理咨询销售员，最终，在毕业后一年，又选择进入一家私企，做起了"全能管家"的工作——"全能管家"是我自己命名的，因为这份工作融合了我的生命、生活、期望、未来，而这份工作更是需要综合行政、会计、库管、客服等诸多岗位职责的能力才能够胜任,我用了八年时间在这个"全能管家"的角色里,把自己活成了千军万马,也锻造出了自己"走出半生,归来仍是少年"的单纯和任性。

尽管多年的单身状态和强悍的工作意志指引下,我可以轻松地做到一个人逛街、一个人看电影、一个人肩扛大桶水、一个人开车去想去的任何地方,但这并不代表我并不期待爱情。多年前体会到的暗恋是美好又苦涩的,三十而立之年的爱情,我想应该是美好又简单的事情,无须耳听,只需用心感受即可。可能是吸引力法则,或者是冥冥中注定,我遇到了生命中的那个他,真正地感受了一把什么是"斯人若彩虹,遇见方知有"。是的,所有的爱都像是专门为我准备好的,而所有的我也像是专门为他准备好的一样,我们相识、相恋、相爱、结婚又生子,一起品尝人间烟火。

而今,我在清晨醒来,能感受到肚子里八个月大的宝宝在温柔地拳打脚踢,仿佛在告诉我:妈妈妈妈,快点起来,到时间开始追逐阳光和梦想啦!回首生命来时路,不论是木讷的童年、好奇心爆棚的少年、情窦初开的青年,还是不懈奋斗的"社会人"阶段,我都能感受到不同阶段的比迷茫多一点点的温暖和爱,原来,每一个明天我都在遇见未知的自己,而每一次遇见未知的自己又是每一个美好明天的起点。是的,我喜欢你,甚于昨日,略匮明朝。

低眉浅笑一倾城

周雪凤

你要问我最喜欢的女演员是谁，毫无疑问是陈数。着一身旗袍的她，风雅如一杯陈酿，举手投足间美得大气又高贵。

曾经民间流传过这样一句话："上帝为每一个人写了一部圣经，然而，却只为中国女人设计了一件旗袍。"旗袍的一针一线缝制着百年来中国女性的蜕变与成长，它承载着一种岁月变迁的情结。

我关注陈数从看了《倾城之恋》之后开始，她把白流苏的气质渗入自己的血液里，甚至每当我看到穿旗袍的她就好像看到了小说里的白流苏。

前段时间，中央电视台综艺频道推出一档服饰文化节目——《衣尚中国》，用艺术的话语生动地讲述了服饰的故事。其中有一期节目邀请了歌手张信哲来讲述他收藏旗袍的过程。张信哲的细致让我有些意外，之前只知他的歌手身份，竟不知他是一位收藏家。他对旗袍的热爱，在节目现场用他的歌曲《爱就一个字》作了最好的诠释。

伴随着动听的歌声，旗袍纹样展示在眼前，我仿佛置身在了时代的胶卷里，脑海中浮现的便是陈数穿旗袍的形象，想象她优雅地走在繁华锦绣的旧上海。

她从纸醉金迷的十里洋场里袅袅走来，带着高贵冷艳的气息，仿佛天生就是为旗袍而生，美得不可方物。她在人生转折点的瞬时彷徨和对前途茫茫的犹疑，都被她着一身旗袍时的大气和自信一下子中和了，统统都烟消云散了，好像人生走过的每一处曲折都在旗袍的针脚里蜿蜒，每一个心结都在旗袍的盘扣里隐藏。

她静静地站在台上，在怀旧的昏黄灯光里，演绎着一部部百看不厌的剧作。百货楼前张贴的月份牌、街角停靠着的黄包车、被小轿车的疾驰而过惊到的旗袍美人，都在衬托着旧上海背后跌宕起伏的故事。

我想，她之所以被称为"旗袍女王"，也是源于她自带古典美的气质吧，她说她喜欢安静。旧上海繁华街市里，"旗袍美人"被惊扰到的一次次回眸，成就了一帧帧经典的画面，让人过目不忘。在她等待角色的低迷期，朋友告诉她适合演年代戏，她去做了一组旗袍造型，就是这组身着旗袍的美照打动了所有人。试戏时，导演一句"就是你了"，让她仿佛重新看到了希望，眼眸清澈又明亮。后来就有了《新上海滩》里的方艳芸，话剧《日出》里的陈白露，《倾城之恋》里的白流苏。这精心准备的旗袍，几度成就了她一个个刻骨铭心的角色。她热爱旗袍，也愿意让旗袍给她的角色锦上添花。

她流着泪笑着，拨开人群向前奔跑，只把美丽留在身后闪耀。少女的干净清纯是她，人妇的淑华成熟也是她。角色里时而张扬，时而沉静的她与她身上的旗袍相得益彰，在她举手投足之间彰显着明媚嫣然，让观众看得着迷。

陈数把旗袍的美演绎到了极致，把旧上海的风情演绎到了极致。穿上旗袍，她只需站在那里，旗袍的丝丝线线里自然而然就有了旧时光的烙印。

　　有人这样评价穿旗袍的陈数：将中国女人的坚毅、独立与刚强的自尊特质演绎得入木三分，用稳重大器而又不失张力的表演描摹出了一幅女性生存的浮世绘。

　　"小轩窗，长发飘飘，蛾鬓淡扫，旗袍裹身，眉宇间写满细碎的心思；凭阑处，疏影横斜，暗香浮动，一涓秋月点黄昏。"着一身旗袍的陈数，如千百年迷离在竹简里的唐诗宋词，让那份含烟缥缈永久流传。

　　这是诗画中的旗袍角色，是经典别致如诗词般的陈数。戏里，历经世事沧桑的她，总是给人睿智而了悟的印象；戏外，她往那里一站，众人眼里便只留美好，闲言碎语瞬时消散。清丽简约如她，秋波盈盈，一眼万年。她用她的方式经营着属于她的美好，风雨不惊，淡然而疏离。

　　着一身旗袍的陈数，也在不经意间染就了一番怀旧的雅韵，蹉跎着烟雨红颜，把旗袍的美融在了穿越百年的角色里。典雅的旗袍，典雅的角色，典雅的陈数，我最爱的女演员，懂得取舍的她温柔善良、从容淡定。

初春的雪夜

刘婷婷

北方的初春总是还带着冬末的寒气向整个大地扑面而来。我从未想过，有一天我会如此怀念初春的雪夜。这一切始终都源于母亲。

2005年，一个已经进入初春还依然飘着雪花的夜晚，母亲离开了，永远地离开了。十几年后，再回忆起那晚的场面，我仍然无法原谅自己。

那时候小山村里的生活刚刚有了起色，家家户户都通了电，外出打工的人挣了钱就马上买了彩色的21英寸的电视，过年的时候村里的人都会挤在有彩电的人家家里看电视，看新鲜的彩色电视。我家那会儿就有一台彩色电视。

母亲去世的那晚，我和村里的人在奶奶的屋里看《还珠格格》，和电视里面的小燕子嘻嘻哈哈笑着……看着看着，便想去方便一下。窗外飘着大片大片的雪花，风有些凛冽，方便完的我便久久伫立在院子里，抬头望着空中飞舞的雪花，心中不解：这都已经立春了，为何还飘着雪花？

在院子里伫立了很久，才突然想起这院子里还有一个人需要我去看看，那便是母亲。待我一步一步走近我们一家三口的屋子时，屋里的二十瓦电灯突然莫名其妙就熄了。那一刻我有点慌了，甚至精神有些错乱。我在害怕中一路快步跑到奶奶屋里，呼喊父亲去看看。

等父亲拿着手电筒到屋里的时候，灯依旧是熄的。父亲拿手电筒照了照炕上的母亲，发现母亲一动不动，连呼吸的气息都没有了，父亲马上又摸一摸母亲的脸，发现是凉的……父亲忙大喊奶奶屋里的人，叫他们过来帮忙……

一位老爷爷走到炕边把了一下母亲的脉搏，长长叹了声"唉——"然后对我们说："人已经故去，请节哀。"站在一边的我突然不知所措，脑海一片空白。身旁的父亲久久望着躺在炕上的母亲，嘴角一动再动，好像有话要说，但始终没说出来。

就这样，大片大片轻柔绵软的雪花带走了母亲，带走了陪父亲相守一生的伴侣。

母亲离开得太突然，葬礼用的都是为奶奶准备好的寿衣和棺材。奶奶曾大病过一场，叔叔伯伯们以为她快不行了，就此准备好了一切，但这一切都没派上用场。这对叔叔伯伯他们来说是幸运的。当这一切都用在了母亲身上，我才知道我是不幸的。

母亲患有癫痫症，时常发作，本来可以用药物控制，可那时候对于山沟里的普通家庭来说，控制癫痫症的药物是买不起的。在立春之前，母亲还是一副活蹦乱跳四处游荡的孩子样，立春之后便卧炕不起。也许上天不愿母亲再煎熬下去了，于是就带走了母亲。

是的，一定是这样的。十几年来，我一直这样想。我见过母亲发病时用裤带抽打她自己的样子，也见过母亲连续一周又一周发病痛苦的样子。母亲走了，也许是好事。她不用再受苦了，也不用担心街上的人对自己指指点点。

如今，每每到初春的时候，我便会想起母亲，想起那个让我无法接受现实的雪夜。但生活仍要继续。

母亲离开已经十五个年头了,那晚我对空中雪花的发问如今也有了答案:每个平凡的人,清清白白、干干净净地来到世上,然后再清清白白、干干净净地离开。像空中飞舞的雪花,自由而干净,一切都是神圣的。

母亲在初春的时候离开,其实是在告诉我,在往后的岁月要更加热爱生命,热爱生活。雪花落尽了,草木也该萌芽了,这景象是新生命的开始。

母亲,我懂了,谢谢您给了我生命!爱您!

纷华不染，与善同行

胡子如

善良是绽放东方的一抹晨曦，击退无边的黑夜；善良是洒落泥土的一滴甘露，滋润干涸的土地；善良是莽莽红尘的坚守，捍卫高贵的人生。

"人之初，性本善"，而现实社会中不善的现象屡见不鲜：天降大雨，图书馆闭馆，保安驱逐避雨市民；面对残忍案件，网上恶意消遣，给受害者伤口撒盐；让童星当评委，把童星当作赚钱工具，过度消费……

一个个鲜活的事例告诉我们，在当今社会中，有一些人在利益的驱使下已遗忘了善良。心底的良善之花，在纸醉金迷、物欲横流的浸染下慢慢枯萎。

在当今社会，我们应该纷华不染，与善同行。

什么是善呢？

儒家的荀子说："积善成德，而神明自得，圣心备焉。"

道家的老子说："上善若水。"

佛家要修行，首先要求"心存善念"。

看见盲人过马路,上前去扶一把,是善。

看见他人失足,不去冷嘲热讽、恶言相向,用一种自然的眼光看他,也是善。

善良是一种宽容。孙中山,中国近代伟大的民主革命家,他领导辛亥革命推翻了中国延续几千年的封建王朝的专制统治。这样一个伟大的人物有着博大的胸怀,高尚的情操。对于邓庭坚,他宽宏大量,不记个人私仇。虽然他的随从副官请求孙中山对邓庭坚进行抓捕并将其枪毙,但孙中山并没有利用权力而公报私仇,而是一再叮咛,不可与他为难。

善良是一种武器。青山一道同云雨,疫情期间,全球心手相牵共克时艰。巴基斯坦在中国暴发疫情后第一时间,收集全国所有口罩等医疗物资捐赠中国。中国也向多个国家派出医疗专家队伍。"岂曰无衣,与子同袍"的相扶相依,源于善。齐心协力的奋战最终让疫情的发展速度缓慢下来。

善良是一种坚守。保洁员赵永久在日子并不宽裕的情况下,坚持每月拿出1/3的收入资助贫困学生。30年间,捐出18万元,累计资助45名学生。30年来,他从没进商场给自己买过新衣,全家曾多年租住在一个30平方米的房子里,至今仍住在公租房。他用自己的行动带给沈阳这座800多万人口的城市以巨大力量。他的行为给慈善的本质做出了温暖的注脚。

无数的善举让我们这个世界变得越来越温暖,越来越和谐。

行善路上,大家比较熟悉的还有连续多年资助贫困学子的"当代雷锋"郭明义,还有蹬二轮车捡破烂资助贫困生的白方礼老人,还有多次匿名捐赠善款的"微尘"……他们让我们感受到了道德的力量、人格的魅力,进而带动了全社会行善的风气。对很多人来说,资助贫困儿童、贫困家庭等善举,正在日益成为一种生活态度、一种生活方式。

用一种叫"善"的眼光去看世界,看万物,会发现这一切真的很美。

在生活中，我们应与善同行。在学习中，我们应与善同行。在工作中，我们应与善同行。"老吾老以及人之老，幼吾幼以及人之幼。"圣人的声音是一种召唤。作为学生，我们应该尊老爱幼，充满善心，让善良传递在人世间，播种"善良"，让它遍及全世界。

但是，我们用"善"装点美丽的世界时，一定要让我们的善良带有锋芒。

如柏邦妮所说："善良是很珍贵的，但善良没有长出牙齿来，那就是软弱。"所以，请照顾好你的善良，最好让它开出玫瑰，用刺保护它的美。不能让善良变成我们的缺点，更不能成为那些不怀好意的人伤害我们的原因，我们要把善良留给值得我们用真心去对待的人。

纷华不染，与善同行，与善结缘，与善为伴，每个人都有"善"的慧根，让我们共同努力，让善良之花永远绽放，永不凋落。

古镇情

—荷—

　　古镇，心的休憩地。虽说我是江南人，但并不在江南长大。黛瓦白墙，水榭楼阁，雕梁画栋。那一句句吴侬软语，永远令我心动。

　　江南不只是缱绻柔情，一草一木都充满灵性。深厚的文化底蕴，一砖一瓦都写满了故事。

　　一个飘雨的夜晚，我们走进了安徽的三河古镇。这是一个典型的水乡古镇，粉墙黛瓦、砖木石雕以及层楼叠院，构成了徽派建筑的基调。

　　夜幕下的三河古镇静谧安详。我拖着行李，缓步慢行，任凭如梦似雾的细雨轻吻在脸庞。我贪婪地东看西看，小桥流水人家，再次冲击着我的心。我爱徽派建筑，我爱粉墙黛瓦，我爱三河古镇。

　　黛瓦白墙是徽派建筑的特色，徽商在衣锦还乡之后，以奢华精致的豪宅园林体现身份，或整修祠堂光大宗族门面，或以牌坊筑立褒奖徽文化守夫的风骨。小户人家的民居，亦不乏雅致与讲究。

　　第一次亲眼见到徽派建筑，是在多年前我们自驾去黄山旅游。看到绿荫掩映下的黛瓦白墙，在阳光的映射下庄重典雅，我屏住了呼吸，"留白"二字跃入脑海。

做人做事须留白，我想这是徽文化的内涵吧。

初到古镇，和雨不期而遇。雨是江南魂，没有雨的江南少了灵秀。

我是极爱雨的，喜欢听雨发出优美旋律的声响，喜欢看雨丝缠缠绵绵，更喜欢看它在天地间织起一张如梦幻般的薄纱。

走在古镇的青石板上，探寻幽幽的雨巷。古朴的民居，轻触一扇扇门窗，不知道如烟往事有多少曾纷纷上演？

三河古镇有十条街，二十六条巷。其中一条小巷最古老、最悠长。关于它的故事，历史上没有留下什么记载。它不起眼，你稍不注意就会和它擦肩而过。

一人巷，顾名思义就是只能一个人通过，我穿着宽大的羽绒服，为了不碰到两边的墙，我将羽绒服收紧，就这样勉强一人走过。大概走了有20米，才走到巷子尽处，巷子尽处只有一户人家，门上挂着红灯笼，门上了锁，透过门缝看到院子里有几盆花，还有一个大水缸里养着一颗粉睡莲，留得残荷听雨声，极美！

站在巷口，让我想起了三尺巷的故事。

三尺巷又名六尺巷，山东聊城"仁义胡同"。清代开国状元傅以渐，在京城为秘书院大学士，家中因为宅基纠纷，修书一封，希望他能为家中撑腰。收到家人来书，逐修一纸："千里修书只为墙，让他三尺又何妨？万里长城今犹在，不见当年秦始皇。"家人看后自感惭愧，主动让出三尺。邻居知道后，也让出了三尺，于是就形成了今天的六尺巷。

退一步海阔天空，让三尺又何妨？想必一人巷也是由此得来的吧，我猜想着……

雨淅淅沥沥地一直在下着。我是如此地向往没有纷争的生活，安静如古镇。

年关在即，巷口的老宅，家家都在挂红灯笼。阿婆扶着梯子，阿公站在梯子上挂着红灯笼。灯笼亮起的瞬间，映照着阿婆的脸，红红的，看着阿婆仰头幸福微笑的样子，这雨中的景色是如此的醉人。

愿得一人心，白首不相离。

美丽的三河古镇，古木幽深的佛寺，不远处潺潺而来的溪流的回音，乌篷船安静的停泊。站在古月桥上，古镇在绵绵细雨的笼罩下，朴素而宁静。

吃在三河，游在黄山。三河的吃自不必说，重要的是，从古镇走出一位世界名人——诺贝尔物理学奖获得者杨振宁。杨振宁旧居是一座始建于明清时期的民间宅院。抗战期间，杨振宁随母亲来到三河，居住此地，这也是杨振宁教授在国内的唯一旧居地。

杨振宁与翁帆的爱情故事也成了一代佳话。

遇到你不是在我最美丽的年华，却是我最嫣然的记忆。

夜幕降临，花灯初上。古镇的万家红灯笼，于古朴中柔和了浪漫，于浪漫中增添了更加温馨的情调。

又开始下雨了，"打着伞吧，别淋着。"接过伞，心中无比荡漾。爱一个人，无须多言，只一句话，一个眼神。就这样默默相依相伴，足够温暖一生一世。

今夜我想枕着你的温柔入眠！

故乡那条路

李银

我走过很多路,有崎岖不平的山路,有田野里长满杂草绊脚的土路,也有宽阔的大马路和乡间的羊肠小道……但我最不能忘记的是故乡那段坑坑洼洼且非常陡的公路。这是一条狭窄的公路,每遇到两辆车相对而行时,一辆车必须紧靠路边停下,让另一辆车先过,自己才能通过。

我一点儿都不喜欢这条路。

小时候上学,这条路是我们前往学校的必经之路。我们背着书包,三个一群、两个一伙蹦蹦跳跳地走在这条坑坑洼洼的公路上。我不记得曾经有多少次被绊倒在坑里,满嘴满鼻子都是泥土,衣服上更是,拍都拍不干净,同伴们笑得前俯后仰,多么令人生气和尴尬啊!也不记得在多少个雨天里,被路过的汽车溅得一身黄泥水,更不记得有多少个晴天里被摇晃得好像要翻倒的汽车带起的漫天尘土蒙住视线,被呛咳……钻进鼻子和口腔甚至钻进我们的肺里的尘土的味道久久挥之不去……

那时,每次上学母亲总不忘再三叮嘱我:"路不平,小心慢走。"

有一次是下雨天，我为了躲避一辆汽车，急忙往路边的斜坡跑去，一不小心，被石头绊倒在坑里。手和膝盖都擦伤了，可能是摔得次数多了，疼痛并不怎么让我难过，当我发现母亲给我做的新衣服也划破了，我伤心地哭了起来，难过了好久好久……并开始讨厌起这条公路。

其实更让我讨厌这条路的，并不是因为它弄破了我的新衣服，而是它阻碍了农村的经济发展。

记得那时，我们这一带满地满坡都种满甘蔗。到农历十月，甘蔗成熟时，满地满村都飘着甘蔗甘甜的味道。那是乡亲们一年的辛勤劳动之后，上天赐予的馈赠啊！乡亲们见面都乐呵呵地说今年甘蔗的长势好，人们都沉浸在丰收的喜悦里。

到了年底，由县里糖厂发牌号，乡亲们按牌号顺序收砍甘蔗。终于轮到我们相邻这三四条村了，糖厂派人驻在公路旁的一块小山坡上——那里也就是甘蔗临时收购站。

乡亲们把砍下的甘蔗用牛车拉到小山坡上去。那时，我也屁颠屁颠跟在父母的后面。牛车满载甘蔗，缓慢地走在坑坑洼洼的公路上，车轱辘子发出的"咿咿呀呀"的声音，是多么美妙的音乐啊！加上父亲赶牛，时不时发出的"嘿，嘿"声，还有母亲脸上洋溢的笑容，我断定那一定是世界上最美的画面。

"够了，不收了。"糖厂的工作人员向父亲摆摆手。

不是说，糖厂负责收购吗？父亲才下了血本种的呀，这可怎么办？还有四五亩甘蔗在田里呢。

在父亲的苦苦哀求下，这车甘蔗总算被收下了，但父亲只收到一张收据，工作人员叫父亲把收据保管好，到时凭收据领钱。我发现后面拉甘蔗来的乡亲们也只是拿着一张收据。后来听母亲说，甘蔗钱有些尾数到现在都没有结清，收据也不知道哪去了。

但余下未砍的甘蔗怎么办啊？父亲望着那条崎岖的公路摇头轻叹。

在回来的路上，父母愁眉苦脸，唉声叹气。

那天吃完晚饭，村主任召开会议，说糖厂的糖暂时滞销，过段时间还会来收甘蔗的，叫乡亲们耐心等待。乡亲们个个愁眉苦脸，有人愤愤地骂起娘来。能有什么办法？想拉到市里去吧，路又那么难走，还不通呢。前几年乡亲们种四季豆、黄瓜、辣椒，到后来也是没人要，烂掉。想着今年甘蔗有糖厂负责收，有盼头，现在糖又滞销……半夜里，我在睡梦中，隐隐约约听到父母的对话——

先是父亲的声音："本来想卖了甘蔗还了人家蔗种钱和肥料钱的，再把猪栏扩大，明年开了春多养几头猪的……"

"别说了，越说越烧心，睡吧。"母亲说。

就在那时，我似懂非懂地感觉是这条坑坑洼洼、崎岖不平的山路阻碍了人们想劳动致富的行动！

从此以后，这一带再没人种甘蔗了，也不种其他经济作物，只是种些够自家吃食的农作物。

母亲叫我发奋读书，多学知识，将来才能有机会走出山村，到外面缤纷的世界去。

后来，因为家里交不起学费，我还是早早辍学到城里打工去了。城里条条宽阔平坦的大马路车水马龙，望不到尽头。我常常伫立在人行天桥上，凝望车来车往，感慨万千：什么时候，我们家乡也能修一条宽阔平坦的路啊？

前几年，全国各地都在开展农村道路硬化工程建设。一条条宽阔平坦的水泥路像一条条彩带在各乡镇各村庄飘舞出来，村连村、镇连镇，给文明新农村带来了翻天覆地的变化。很多外出城里务工的乡亲们回来，承包田地又种上了甘蔗、番石榴、辣椒、马铃薯……农作物成熟的季节，很多从全国各地来的商家下到地里直接把农作物收走，乡亲们再也不用为滞销而对劳动致富失去信心了。乡亲们根据季节变化，种着应季的农作物，收获着丰收的幸福和喜悦，这几年，一座座两三层高的小楼房，像雨后春笋拔地而起。

前两年的一个夏天，我从城里坐车回老家，车在一条条宽阔平坦的公路上驰骋，我斜靠着椅背，感觉像躺在摇篮里，被母亲轻轻摇着慢慢地进入了梦乡。热烈的太阳光透过车窗，在我的眼前不停地晃着，扰了我的美梦。我微微睁开眼睛，啊，车窗外的风景是那样熟悉，但似乎又有点陌生：这不是家乡吗？我下了车，脚踏在水泥建造的宽阔平坦的公路上，眼睛四处搜寻：这是我摔过跤的地方吗？这是我为避汽车带起的泥水而拼命奔跑的路吗？这是我摔跤吃到泥土而被同伴们嘲笑的路吗？这是父母亲拉着一车甘蔗摇摇晃晃"咿咿呀呀"缓慢前进的路吗？这是令乡亲们失望的路吗？我再也寻不着它的踪迹！

父亲接过我的行李问我，怎么不直接坐车到家门口，这里早就开通公交车了。我回答说，我喜欢走路，想多走走，在新公路上多走走。

这条路，是致富的道路。

祝福农村生活越来越好，致富的道路越走越宽广，国家越来越富强，国泰民安！

行走在雪地里的一挑年货

卢新芳

  1985年的春节前夕，雪纷纷扬扬地落了三个昼夜。在承留信用社上班的大哥，望着这铺天盖地的大雪，不禁犯起愁来：八十多里外的家，怎么回去呢？

  腊月二十八下午，大哥又跑了一趟客运站，得到的答复仍是最近十天半月都没有发往大峪去的车辆。假期只有七天，第二天就开始放假，时间不等人，还有给家里置办的年货更不能等人。一不做二不休，第二天一大早，借了老乡一根扁担，一头挑起一副猪头下水，另一头挑着单位发的糖果点心、罐头、鞭炮，二十三岁的大哥仗着年轻力壮，甩开膀子，踏着厚厚的积雪朝家的方向走去。

  从承留街走到一分部的时候，虽然已经走了十多里路，但这一段路相对平坦，又走在当时号称"小香港"的繁华地段，加上早上刚吃过饭，体力充沛，大哥并不感到太累。

  就这样紧走慢走，大哥一鼓作气爬上了砚瓦河的顶心坡。这副挑子也在大哥的肩上越来越沉，它被大哥从左肩换到右肩，又从右肩换到左肩，换来换去肩头仍像针扎一样疼。站在山顶，大地白茫茫一片，大哥已辨不清东西南北。山上静得出奇，大雪笼罩下的山野、树木、河流、村庄都像睡着了一样！大哥头上的汗顺着脖子钻进棉袄里，与前心后背的汗汇到一起，浸透到棉套里。大哥大口地喘着粗气，一团一团的白雾散在凛冽的空气中，他放下挑子，一屁股坐在雪地上，抓起一团雪塞进嘴里，顿时一股凉气把他的眼泪都激了出来！

大哥重新整理他的这一副挑子。那副猪头下水是他托食品站的朋友买的，便宜又实惠。自从大哥18岁参加工作，连着给家里买了五年猪头肉了。家里四个弟弟妹妹还在上学，负担重，一年吃不上几次肉，全靠过年的时候，妈妈做一些压板肉，家里人打打牙祭，也用来招待亲戚。想着妈妈每次做压板肉的情景，大哥的心里就美滋滋的。妈妈用烧红的烙铁，先去除残留在猪头上的猪毛，弟弟妹妹们围过来七手八脚地帮忙，有拽着猪耳朵让妈妈烙里面的猪毛的，有寻找隐藏在猪脸皱纹里的猪毛的，有仔细地洗猪蹄、猪肚的，有架起柴火烧锅的。最后，妈妈放了花椒、茴香、肉桂等很多种调料开始煮肉。弟弟妹妹们不停地往炉子里放柴火，红通通的火焰舔着那口大铁锅，肉香味飘了出来，小妹不停地围着灶台吸鼻子，小弟的口水都流了出来。随后妈妈将煮熟的肉切碎，用蒸馒头的纱布包裹起来，这时已经是掌灯时分了，院子的雪地里放着一口矮矮的阔口缸，妈妈把包裹好的肉放在缸里，上面压上一块平整厚重的大石头。夜深了，尽管妈妈说压板肉要等到第二天才能吃，弟弟妹妹还是在雪地里围着大缸蹦跳着，久久不肯散去。大哥想着无论如何也要在天黑前赶到家，不能耽搁妈妈做压板肉。

大哥抄小道又走了十几里路，到了仙口村，这时已经是晌午时分。大哥是又累又饿，早上走得急，连个馒头也没顾上带，放下挑子，看看那几瓶罐头。虽然路上摔了几跤，但幸好罐头还完好无损，他明知道罐头又解渴又止饥，但他不能吃，他要带回家让外爷外婆、爷爷奶奶尝尝鲜。大哥一想到老人们吃上罐头里的一瓣橘子时，没有牙齿的嘴巴慢慢地咂摸着，因着酸甜的味道，满脸的皱纹一会儿合拢、一会儿舒展开来的样子，他就得忍着饥饿再次挑起担子，走在大雪茫茫的天地间。

半下午的时候，大哥终于走到了离大峪街（因小浪底水利枢纽工程，现已淹没）不远的乱石村。流往大峪街方向的乱石河，此刻在冰雪的覆盖下，已失去往日的喧哗，河面有落差的水流被冻成一柱柱冰挂，在山沟里寂寞地矗立着。大哥又吞了几口雪，解解渴。不远处的村庄里，终于有人走了出来，大哥迎了上去，想讨口水喝。那个上了年纪的老妇人，望着眼前挑着一副担子在雪地里走了一天的年轻娃子，不禁惊呆了。她问清楚原因后，硬把大哥让进屋里，拿出刚蒸的白面馍，让大哥就着开水吃。又问了大哥的一些情况，听说大哥在信用社上班，就说到了我们的父亲。在70年代，她家遇到困难时，父亲帮她申请了贷款，让她家渡过了难关。老妇人说到父亲做过的这件好事，非要给大哥做一顿结实饭，大哥谢绝了老人的一片好意，告辞后继续往家里赶。

冬天天短，临近黄昏时，离家还有四五里路。大哥挑着担子登上土门豁的山头时，远远地看到了坐落在对面山坡上的家。窑洞前的那棵大槐树，黑黢黢的枝丫也被披上了银装，每一孔窑洞仿佛是大山的眼睛，闪着期盼游子归家的光亮。

大哥的喉头一紧，热泪盈眶中，隐隐约约看到父亲拄着棍子正朝着他的方向走来……

花的庙堂

熊艺楸

我对花儿的信赖，远超于人。

当那把老旧的喷壶发现我在与一个不真诚的同类拿时间做筹码互相浪费时，它便懂事地从窗台上往我手心的方向挪。那种时刻，浇花就像一块磁石一样吸引着我。

我不够有力的小手颤巍巍地拎着盛满水的喷壶对着花儿们"呲——呲——呲——"，这一串串水珠射出的情景像极了一幅西方油画。那一刻的我一定是美丽的，让人想起油画里金发碧眼、圆润沉静的美人儿。

蓝色的会发射水珠和雾的喷壶，教会了我分辨什么是真诚。它将"敷衍"二字，以及东家长西家短的是非，一点一点从我的心上喷洗掉，不留下任何印迹。

我在擅耐枯寂的心田里建造了一座花的庙堂。每每低眉顺眼的时候，总闻见一种兰草在黄昏的谷里散发出微透的久久清芳。

一　协调心灵的妙乐

粉瓣、桃蕊、白芯、密叶，还有阳光浸过玻璃上的红色窗花，溢落在茂绿叶子上斑驳的红影。

窗台上的三角梅，被贴在窗玻璃上的大红"福"字加持，一经阳光灌顶后，它生长的欲望疯狂起来，完全赶得上那些坠入情池的小伙子，已经顾不上什么说好的花期，它随时都能开放。

一个月前刚盛开了一拨，半个窗台都变成了它粉粉的王国。扫地时看到地上一层落花，再抬头望望它的王国，依然一片兴旺的景象。

它上次的统治持续了二十多天，其间我未曾给留下一张照片。总觉得它的粉色粉得单薄呆滞，缺乏生气。

我喜欢灵动的颜色。

然而那拨花海退潮之后，也就一个星期左右的时间，新的一代又一次红遍了它的山河。

这些红的绿的植物们，它们从来不和谁讲道理，它们教会了我信任。

它们用不断刷新的绿和红，一次次地告诉我，要相信自己，只要我在，它们的自在便有了着落。

这个信念是谐调我心灵的妙乐。

二　以色彩的名义相信

花儿们用自己青红朱碧的慷慨，让我有勇气以色彩的名义相信：

假使嫁给一个农夫，我白嫩的小手不用动一下农具，只消拿上那把老旧的蓝色喷壶，就往地头的风中一站，或者穿上旗袍，提着喷壶，沿着地埂，在庄稼中间访谈一圈，四面八方的庄稼便会竖起满地的耳朵。

方圆几十上百亩内的苞米、麦子、葵花、棉株都将听到来自这条地埂上的感召，焕发出你追我赶的生长欲望。

这种欲望跟在我的身后紧追不放。它沿着埂子，绕过苇子和苦豆子，摆脱掉稗子草和扯扯秧，小兽般一路疯狂地尾随着我。

我跑多快，它们便长多快，连我手中能发射出小水珠和迷雾的喷壶都不再让它们感到害怕。

我就这样没出息地被一群植物撵出了田间，哪里还有摸摸铁锹和铲子的劳作机会。

这是属于我与花草之间无条件的信任。我养过的、碰过的乃至看过的花儿们，总跟发情的马儿一样疯狂地拔节。任何疑惑都在我与花儿之间的信赖里消失殆尽。

三 地老天荒的交道

我有养花的天分，养什么，活什么。

这个天赋，有很深的家族渊源。

从父亲往上的祖祖辈辈，世世代代都是农民。我的祖辈们与泥土打过地老天荒的交道，他们就是种啥啥活，不然早做不起农民了，又何至于世代为农呢。

他们种啥啥活的技艺传到我这一代时，便演化成了一种深藏在骨血里的天分。

即便未经任何培训，只要我这双从土地里长出来的小手儿一伸，掐掐花惹惹草，只要我这双在天空中度过了童年的大眼睛一睁，看看苗见见秧，不管是什么植物，一摸就成活，一望就成长。

我的书桌上养着一盆铜钱草。眼睛每每乏累昏花的时候，目光便忍不住伸向那小小的"荷叶"——一片一片的铜钱草叶子，似不似夏日雨后的荷叶？

这个时候，我的眼睛好像荷叶上的清露，灵动明亮，心里顿时起了一泓浅浅的清凉，有着淡淡的喜慰，不由得想起"叶上初阳干宿雨，水面清圆，一一风荷举"。

去年冬天搬家，铜钱草受了冻，残败得只剩下根和几丝枯茎。我把它放进了"ICU"给予特护，一个月后终于"出院"。

我喂下的黄黄的复合维生素片，我挖坑倒进去的小米稀饭，我捣碎埋进花土里的鸡蛋壳子，花盆里再也找不见。

它们与阳光、水分、空气、土壤相互配合，经过了一番不为人知的分工协作，在花盆里成功地完成了一场漫长的手术，终究换得了铜钱草的起死回生。

而它们，在这场为期一个月的手术里全部牺牲，统统做了肥料，长进了绿绿的叶子里头。

美，让人自信，教人敬畏。

当人处在美中而浑然不知时，那个状态叫作"自信"。在美的面前感到形秽，照见自己的贫乏时，那一刻我知道了一个词语叫"谦卑"。

这小小的铜钱草里，有着自信，酿着敬畏，它是花草里头活成精的。

大自然如此神奇，能将那么大的荷叶，凝缩成这么小小的一片。我把对大自然的敬爱，化作一池茂丽清秀的铜钱草，养在了胸间的庙堂门口。它与在黄昏的谷里散发出微透清芳的兰草，久久做伴。

花石人家

任正义

"金花石,银杜村,珍珠玛瑙栲栳村",这句古老美丽的谚语,在民间流传至今。第一次走进花石这个山洼里的小村,便被眼前的村容村貌所惊艳,它不光具有南方城市的优美风景,而且具有一个古朴典雅古色古香的小镇特色。

用山清水秀、人杰地灵来形容这个八百余人的小村,一点也不为过的。它被青山环抱,被河水环绕,山中空气清新,林木葱郁,森林覆盖率百分之百,是纯粹的天然大氧吧。美丽的商水河依村而过,河的宽处似湖,河水碧绿,清澈透底。水中鱼儿嬉戏,野鸭追逐,水面上小船悠悠,碧波荡漾。河面上拱形的桥洞由水泥构成,两侧木质的框架托举着斜坡式顶脊,灰瓦铺筑,大气恢宏,穿过桥洞,整条商山街便映入眼帘。

看!街中的道路地砖铺设,宽畅整洁。两旁条条小巷,全部是青砖砌筑成拱形门楼,各门楼的木牌上写着小巷的名字:东篱巷、鸣琴巷、采菊巷、悠然巷、云里巷、清音巷、琼瑶巷、庐境巷……巷口红灯高挂,古色古香。一户户花石人家，干净整洁的院落，排列整齐的楼房，统一的灰瓦盖顶，统一的土黄色院墙，统一的暗红色石块砌筑的根基。家家户户门口鲜花盛开，葡萄树扯成绿色长廊，一切都那么和谐自然。

　　路两边，高大的棕榈苍翠叠绿，南山竹枝叶茂密，挂满一串串珍珠般的小红果。一片片翠竹丰姿绰约，楚楚动人，雪松四季常青，奇石傲然屹立。优美的绿化让花石村充满南方园林气息。

　　临街的房头，尖尖的红辣椒，金色的玉米穗，黄里透红的南瓜，挂满了墙，堆成了垛，装满了筐，一幅农家乐的丰收景象。

　　雨中的村庄格外迷人。秋雨绵绵，如烟似雾，小村笼罩在蒙蒙细雨中。撑一把雨伞，漫步在幽幽的小巷里，菊花婀娜多姿，桂花弥漫着幽香，高音喇叭里播放着优美动听的乐曲，环顾四周，青山朦胧，绿树掩映，真是如诗如画，令人陶醉。

　　花石村的桃花节远近闻名。每年三月，几百亩桃花一望无边，竖看成行，横看成片，成簇成串，如粉施黛。园内蝴蝶飞舞，蜜蜂吟唱，喜鹊在枝头跳跃，游人在园中穿行，真是美不胜收。五月成熟的季节，蟠桃、水蜜桃、油桃，个个色泽光亮，汁如蜜甜，更是吸引着城里人到此采摘。

　　花石村的千亩梅园一望无边，成为深冬和初春的最大看点。红梅、蜡梅、金梅溢着清香，竞相绽放出各色的花朵。它惊艳着你的双眸，陶醉着你的心房。你看，盆景园里，一株株造型别致的盆景，有的清秀古雅，有的玲珑潇洒，有的豪宕雄劲。红黄梅花交相辉映，"满树和娇烂漫红，万枝丹彩灼春融""遥知不是雪，为有暗香来"。

　　沿着村边弯曲的山路往里走，没有城市的喧嚣，没有人流的嘈杂，映入眼帘的是路边青翠的丛林，耳边听到的是各种鸟儿叽叽喳喳的清脆叫声。几经拐弯到达半山腰，四周绿树葱茏，竹子幽幽，菊花金黄，一农家饭店掩映在其中。饭店里，热情的店老板会用娴熟的厨艺做出地道的家乡菜来招待。这里，环境优雅静怡，竟如世外桃源。

花石人历来注重耕读文化。家家户户门口贴着耕读传家的字样，木牌上写着诸如"孝悌贤惠，一家和气"的家训。五好家庭的标准也贴在各家各户的院子里。村民比学赶帮，尊老爱幼，中华民族良好的传统美德在这里世代相传。

花石村两委处处替村民着想，村中注册成立了股份经济合作社、乡村休闲旅游合作社，村民入股，土地集中流转。村中修建了大型滑雪场、水上乐园，不仅丰富了人们的业余生活，更吸引了大批游客到此游玩。村民们轻轻松获得了一定的经济收入，生活一天天变得富裕起来。

村中新建了幸福院。院内绿树成荫，竹子摇曳，古树苍翠，花开四季。崭新的房屋，优雅清新的环境，齐全的娱乐设施，让村中的老年人颐养天年。

花石村有着美丽的传说。相传清朝乾隆皇帝出游陕西，途经花石村。随行做饭的十夫人决定让皇帝品个鲜，就用当地的芝麻、大枣、花生、红豆、黑豆等为食材，熬制了香味浓郁的八宝粥，让乾隆帝享用。因村中道路凸凹不平，十夫人走得又急，一不小心将碗里的八宝粥洒在地上，后突然发现，被饭洒过的石头竟然像极了蜂巢，非常好看，于是奏于圣上。乾隆得知后，当即降旨命名该村为花石村。从此，花石村美名远扬。

花石村有着厚重的历史文化。在村庄附近有一座千年古刹商山寺，寺庙红墙灰瓦，飞檐画栋，四周松柏常青，鸟语花香，清澈的商水河围绕庙宇缓缓流淌，环境优雅清静。这里曾是商山四皓的隐居地。商山四皓是秦汉间的高才隐士，据有关记载和传说，他们都是济源人。秦时因"焚书坑儒"四人遂避隐济源商山，直至终老葬于当地，至今这座寺庙仍有专人看护，香火缭绕，游客不断。

商山四浩隐居地，世外桃源金花石。花石村这个有着厚重历史文化和美丽传说的小山村，由传说嬗变为传奇，现已获得"河南省十佳美丽乡村""全国生态文化村"等多项殊荣，到此参观学习的人络绎不绝。

花石村真正成了金花石，花石人走上了小康路，过上了无忧无虑的好日子。

华美的时光

尹喜梅

1

医生说，需要三张照片。

该死的照片，她在心里嘟囔。化疗后，头发脱了不少，这副样子怎么能去拍照？坐在病床上的她，今天状态还不错，脸色有些红润，也有了一点笑容。"哪里有卖假发？"她突然问我。"其实并不难看。"我言不由衷地安慰她。

"那就找一找旧照片吧。"她一再嘱咐她的儿子，多遍交代照片大概放的地方。有了照片，才能办理那个什么大病医卡，才能买到那个靶向药物。她可不想耽误一丁点儿治疗的时间。她简直不能理解住在医院医生却不给她输液，也不给她吃药的行为。可是她自己能够感觉到身体还是不太舒服。治疗很久了，炎症总是消不下去。她对医生有点怨言了，是不是他们没有用心呢？她对我说："你不是认识主治大夫，去给人家说说，给我好好看，用心治。"我郑重地点点头。其实我知道，医生和我都给不了她承诺。

她的老伴儿不解风情，在一旁不合时宜地说："就让孩子用手机给你拍张照片，洗洗就能用。又不是选美呢，贴在病历上，一堆纸压着，谁会去翻呢？凑合凑合吧。"她才不信，手机拍出的照片能给她整出一头秀发。她瞪了老伴儿几眼，表达不满。斗了一辈子嘴的俩老人，病床前也不消停。

这次住院又有小半个月了。这个时候，住院已成了常态。从前她的脾气很大，一直不甘心，到现在也被消磨得无可奈何了。她并不想举手放弃——自己曾经是多么要强的一个人啊！病痛一次次换着花样来袭，身体器官轮番罢工。修了这个零件，又补那个零件。没完没了地发烧。一次次住院，一遍遍治疗。人在疾病面前，惶恐、焦虑、暴躁，直到折磨得没有脾气，忍气吞声，束手就擒。她说，都是命。

2

我不想去翻动那些东西。我站在黑暗里，我甚至惧怕走进她住了很久的屋子。我嫁过来二十多年，她一直住那个房间。

仿佛不翻动，一切就能完好如初，生活没有变样，时光还是从前的样子。

每一天的开始，从厨房的热闹起，周而复始。鸡蛋甜汤、蛋炒饭、油炸馍片、小凹馍、烧油馍、水煎包，换着花样做。她是一个勤快的人，也是持家好手。做饭麻利，会做的也多。一碟小咸菜，凉拌时令蔬菜或者应季的野菜，她做的都可口。早餐总是很丰盛，我愿意吃得很多很多。然后，在她一次次催促声中，离开家门。

她一直风风火火。上班,还做生意,在家里是一言九鼎的人。五十岁退休。给孩子们一人一个小店,自己闲了下来,无所事事,就加入了广场舞的大军。余热彻底发挥了。精力充沛,全国各地参加比赛;无比热心,义务给小广场跳舞的人放音乐,到得最早,走得最晚。爱上广场舞,她像重生一样,活得风生水起,日子顺心顺意。有一阵子,她的晚年生活是我们的向往。

在她眼里,我的身体简直是弱不禁风。胃不好,牙齿也不好。冷、热、酸、硬,统统不能吃。她对我只有一句话:年纪轻轻的,还不如我这个老太太。的确不如。她爱吃脆脆的苹果,我是一口也吃不得。

可是,她毫无征兆地病了。手术,化疗,恢复,再化疗,扩散,转移,直到她红润的、胖胖的圆脸渐渐变得苍白而松弛。我看见她眼里的不甘心,看到那一簇簇燃起的康复的火苗被反复的病情一次次浇灭。她一直是较胖的人,但上下匀称,皮肤白皙,爱美。很节俭的人,穿的衣服都不贵,但穿在她身上,总是那么合身。生病前,有一段日子她在减肥,说太胖了,影响健康。

六次化疗,她都坚持下来了。好像反应不是特别大。每回虚脱几日后,都会好转起来。我们的心情和她的心情都轻松了许多。冬天的时候,她开始连续发烧,反反复复。春节时,也未能出院。又转院省会,几经周折,检查结果说癌细胞已经转移。在省院的这次化疗,对她伤害很大,开始大把大把脱发。我见过她惊恐的眼神,无限怜惜地轻抚脱落的碎发。她已不计较头发有多白,只要长在头上,多白的发都好。我不知道她是否照过镜子,怎么就看见裸露了的头皮,那么扎眼睛。

3

她的儿子找到了三张照片,隔着窗户吆喝:这也太年轻了吧。能用吗？我拿在手上，用手机的光照亮看，应该是她50多岁的相片。浓密微卷的黑色短发，大眼睛，白皮肤，笑意盈盈，称得上是个美人。我记得在医院时她对我说，医生看见我医保卡上的照片，说我这个老太太年轻时还很漂亮。无论多老的人，都愿意被人夸。她的嘴角笑出了一朵花。我说，你现在也不难看呢。

第二天一大早，还不到7点，她儿子的手机就响了。她打来电话，询问照片是否找到。她当家做主很多年，事无巨细，该操不该操的心，她都要操。躺在病床上，仍保持这个习惯。我催促她儿子早早把照片送去。同屋的另外两个人出院了，她现在既不输液，也不吃药，心里着急得很。

九楼的病房，她前前后后住了有一年之久。她总是怕风，生怕被吹感冒了。她认为自己的身体是不允许发烧的。做完胃部手术后，吃饭她也是极注意的。她急切盼望着康复，极珍爱自己的身体。可是，事与愿违，身体接二连三地出现各种不舒服。

五月的天，很好。又到一年的小满会了。她已经很久没走过远路，也没去过人多的地方。当然，医院人也多，走廊里到处都是加床的患者。她看着儿子送来的相片很满意，就是这一张。那时的自己多健康啊。好日子还没过够，怎么就病了？她摩挲着手中的相片，已经抱怨不动了。她接受老天给她这样的磨难和苦痛。

一生的时光，这时尤显华美和珍贵。

我无数次看她的背影，孱弱且驼。那个高大壮实、声音爽朗的人，此时娇弱如孩童。她知道自己的病情，又害怕从我们口中证实。

时光真似一袭华美的锦袍，风撩起的每个裙角，都是流光溢彩的往昔。那些丰美的岁月，染着烟火，染着一路风霜，香了又香。这一日短一日的生命，飞逝。我们看见它的影子，捉不住它的脚步。我们看见她的消瘦，挽不回她的健康。如果可以许愿，谁不想这一生又健康又美丽地活过一回。

今年花胜去年红

樊昭

"今年花胜去年红",这句凝练的话不是出自我的随心感慨,而是欧阳修对再次相聚的期盼。

在我家,说起对红花的喜爱,奶奶当之无愧排在首位。自从她退休以后,越发对养花偏爱有加。去奶奶家的人,还未进门,就有花的馥郁窜出来,热情地问好相迎,像一位周到好客的管家。满院春光明媚,春意盎然,多少会悭春。台阶上、阳台上、架子上,到处可见形状各异的花盆,是一处花的乐园。置身于祥和安宁的院子里,像是来到了一家小型花卉店,又像是身处一片各色花簇拥肆意争春的田野中。

放眼望去,蜀葵花一节复一节,像社火中踩高跷的人,笔直高挑,颤颤悠悠;三角梅,娇羞妩媚;月季花,艳丽盛放;还有那仰慕太阳的太阳花,享受着阳光的恩泽。奶奶闲来无事就为它们浇浇水,剪剪枝,去去坏叶。一盆盆花整齐排列,精神抖擞,像一个个柔静端庄的美人。来拉家常的三邻四舍无不赞叹羡慕瑶台一般的院子,神仙般快活自在的生活。这里自藏雅趣，有此一院，不必羡慕仙界。

对于欣赏花的人来说，住所有一处院子是极好的，坐在院子里可以沐浴阳光，晾晒被褥，或建个亭子支起石桌石凳，再搭上葡萄架子……到了夏天最惬意了，一串串圆溜溜的葡萄羞涩地垂吊下来，树叶遮挡住一片阴凉，泡壶醇香扑鼻的清茶，与友人下盘进退惊险的棋，感受曼妙的时光。

院子里的花自不必多说，在奶奶的溺爱庇护下，更加无所畏惧了，有铺天盖地之势……只是总觉得少了些什么，或许是审美疲劳在作怪，人难免喜新厌旧，思量良久，原来是少了水的灵动。可北方本来就少水，院子里如何布置水呢？推翻好些个搭配，最终甚觉荷花清雅，一小片荷花池足以给这小院加分不少。试想一下，碧圆的荷叶，亭亭玉立，随风摇曳，投下闪耀的轻晕，翠云千叠，鱼儿嬉戏，静水微波，定是一副清绝的场景，无论谁见了都不舍得离去。

有次，我准备去奶奶的院子，心想给奶奶买盆花。找了家花店挑选，询问店主什么花适合送老人，店主力荐长寿花，慷慨激昂地介绍了起来。他说，长寿花寓意好，有不同的颜色，淡黄的，玫红的。我选了一盆玫红的，奶奶果然欣喜不已，而且一眼就认出那是长寿花，我暗自感叹，奶奶不愧是爱花之人啊，足够专业。

奶奶得知价钱，吃了一惊，说我买贵了，说我们年轻人不会买花，包括我父亲。父亲之前买了两盆花放在阳台上，一盆红色，一盆紫色。我十分高兴，心想这不就寓意着大红大紫嘛，实在是妙啊。可是它俩脾性古怪，娇贵难养。动不动就弯下腰，低下头，任凭怎么扶都扶不起来，没有刚买回来时的那股精气神。于是，我对症下药，给它们施了些肥，浇了些水，第二天就挺直了起来，可过了段时间，还是低头丧气，一副软弱无力的挫败相。

一树一菩提，一花一世界。与花相处就像与不同的人打交道，只有时常互动来往，才能长久。爷爷说，他们现在已经没有以前那么热情了，没有那么多的精力去养护花了，任由它们自己生长吧。听着爷爷的讲述，我明白了，人到了一定年龄就会看开所有世间事，怀一颗平常心，一切随缘，任凭缘来缘去，也不喜不悲。

  我对爷爷奶奶短暂的探望在聊天中滑过，这样的探望已是常态。"今年花胜去年红"，难道明年花就会更好更红吗？不是花更红了，是人的感觉和对美好生活的向往更加强烈了。心是怎样的，看到的世界就是怎样的。但若明年的花真会比今年的更红，那便更加令人喜出望外了。

金色童年——百年香槐

惠新平

香槐，老人们对我家门口一棵树的称呼，其实它是一株国槐，因为树龄已经上百年，故被称为"百年香槐"。

童年，家里住的窑洞出门左拐上个小坡就到窑洞的顶端，窑洞的顶上是打谷场。那棵百年香槐就长在小斜坡上。它的树干有两米多高，腰围不知几何，只知道需三个成年人才能抱住，想要攀爬，必须借助梯子之类的工具。

冬天，香槐的叶子早已全部飘落，只留下光秃秃的树枝。北风呼呼地吹过，树枝不停地摇动，仿佛是畏惧冬天的寒冷，又仿佛是想脱离"母亲"的怀抱，做一次长途旅行。"嘭"一声，一根枯树枝耐不住寂寞，离开了"母亲"的怀抱，等待它的将是家里的灶台。在经历了烈火考验之后，它最终化作一团灰烬，回归大自然。

咸阳的春天很短，有时候来得特别晚，记得有一年的四月初还在下雪。春天总是悄悄地来临，香槐的叶子也是悄悄地生长。最初，新叶如同针尖大小，呈现灰色。几天后，第一片叶子会长出来，看着是那么清新脱俗，同时散发着春天的味道。随后，新叶疯狂地生长，随着树荫下光线的减少，叶子仿佛停止了生长，难道它们累了，需要休息？

不，它们不是在休息，而是在养精蓄锐，为最美的一刻准备着。

夏天已然来临，花苞逐渐长出。花苞呈现绿色，当和绿豆一般大小时候就会绽放，开出淡黄色的小花，淡淡的清香会引来蜜蜂翩跹起舞。

此时也是家里比较忙碌的时刻，在花苞开放之前将其剪下来，晒干，然后出售。槐树的花苞俗称"槐米"，可以做染料，也可以入药。

香槐枝繁叶茂，想把花苞折下来可不是一件容易的事情。父亲一般会爬到树上，用铁钩把嫩枝折下来，我和母亲负责把树枝上的花苞摘下来，然后弄到打谷场去晒。用铁钩折嫩树枝是最辛苦的工作，我曾尝试过，不到十分钟，就两眼冒金星，脖子酸痛得不行了。而那时，父亲要连续那样工作三四天时间，却从来没有一句怨言。

父亲难道不累吗？是什么支撑他持续那么久的高强度劳动？这个问题我从来没有问过父亲，其实自己早已经有了答案——为了能多摘点槐米多卖点钱，为了不让我们兄妹四个人任何一个辍学。想到这里，我也深深理解了父亲之前说过的一句话："只要你们四个能继续上学（能考上初中、高中、大学），我和你妈就是去要饭，也要供你们读书。"是的，父亲没有失言，他做到了，他用自己勤劳的双手、不屈的脊梁、踏踏实实的行动，向我们兄妹四人诠释了一个父亲的责任和担当。

槐米折完不久，香槐的叶子又会疯狂地生长。一周后，原本散落在地面的点滴光线又悄悄地藏了起来，等待着下次的"穿越"。

两个月过后，北雁南飞，蛙眠蛇休，香槐也换上了秋装——黄色外套。一阵秋风过后，天空下起了黄色的"雨"，一切是如此的凄凉。功夫不负有心人，当最后一片叶子掉落，光线又卷土重来，占据自己曾经失去的"领土"。

散落的树叶是烧炕最好的材料，在散发了自身所有能量以后，它化为一片灰烬，回归大自然。

本来一切是如此的平常，每年都是如此，这样的生活我已经习惯。1999年的一天，一个消息传来——整个村子要拆迁。2001年年初，家里在新的宅基地盖了房子，我就很少回老宅的窑洞那边了。

2002年，当我回老宅子时候，百年香槐已被砍伐，只留下一个大大的坑。我呆了很久，渐渐地，从泥土中闻到了百年香槐的味道，一切是那么的熟悉，仿佛它还矗立在打谷场边上。

2003年，当我再次回到老宅子时，早已看不出当年的痕迹，一片庄稼正在一望无垠的田野中茁壮成长……

十多年过去了，门口那株百年香槐，您是否记得那个在您影子里乘凉的少年？您是否记得那个借您手臂荡秋千的少年？您是否记得用您"毛发"做口哨的少年？您是否记得……

狂恋夏日

婉州

  初夏，不知何时路旁的栀子悄悄开了花，一股子沁心入脾的香味窜来，富有生机又热烈奔放，让我有些无所适从，小心翼翼地躲藏，还是没有逃掉……有着栀子花香的碎片拼凑在一起，画面在脑海中渐渐清晰，在那个满是栀子花的初夏，明明有那么多人从我眼前匆匆而过，我的第一次悸动却给了你……

  那是高三的最后一学期，二月接受了第一场大考，三月徐来暖风阵阵，五月的冰激凌特别的甜，六月势必迎来一场恶战……那四月呢？水泥浇成的平地被油漆分了板块，脚步在红蓝处交替追逐，上篮、扣球，我的少年由此登场。从四月开始的故事，是关于你、关于我的故事。

  那时候的心动，想一个人藏着，但脸红、羞涩、慌乱，还有不经意的小眼神却总想着把我出卖。很奇怪，碰面的次数越来越多了，或是走廊的嬉闹，或是带队跑操，抑或是在食堂排队，余光瞥见你高大的身影，不知怎的我竟像不会呼吸了般停滞在那儿，傻愣愣的只会摇头点头，整个心都要被你拿走了。

"我喜欢你,所以希望你被簇拥包围,所以你走的路要繁花盛开,人声鼎沸。"你是被寄予厚望的人啊,像天边耀眼的北极星一样,可我有多普通呢,普通到了平庸,平庸至站在你面前都是看不见的空气。有时候我倒希望自己可以漂亮些,要漂亮到艳丽的那种,好似这样,就可以停在你眼里多一秒,甚至两秒。我有些肤浅了,着了魔的肤浅。

可我也在努力地改变,揉揉惺忪的眼睛看着指针转向新的一天,在烟雨朦胧的清晨赶去教室,第一次知道刷牙吃饭真的能分出心来记下好几个单词,也成了学霸桌前的常客。其实我试探过,打听过,纠结过,装不经意过,无厘头窃喜过,自我厌恶地放弃过,但是真的从来没有打扰过。暗恋,更像是自我搭建的一座城堡,很宏大,却在很偏远的地方不为世人所发现,我小心翼翼地把我的快乐、烦恼或各式各样的酸甜苦辣喜怒哀乐放进去。一个人时,我就待在里头,看着这些关于你我的交集,很温暖,它闪烁着充满向往的五彩霞光。

到底是为什么被大家知道了呢?是日记,还是书本角落你的名字?我害怕深究,但更害怕的是下一次的遇见,从前的期待变成了羞耻和不安。我慌乱地狡辩,直到看见了你。他们故意起哄和打闹让我不得不站在你的正对面,仰望你清澈瞳孔里那弱小的自己,我的手都不知道该往哪里放,被戳穿的狼狈无所遁形,直到你歉意地摇了摇头,我才苦笑着转身离开,我懊悔着,痛苦着,我的不打扰变成了困扰。

心上的少年藏到了心底去,我开始盼望着离开,好似那样便能躲避这一切,可终究是无法逃脱了。少年的样子在梦里,在意识里,在每一分每一秒里,我想用时间来消散情愫,可到底要多久呢?只剩下迷茫。

终于毕业了,猝不及防地,我开始了兵荒马乱的社会生活,百无聊赖的日子瞬间被填满,没有一秒钟能完全属于自己。两点一线的生活中,少年的身影渐渐模糊……模糊到完全消失。原来再在乎的人,也会被时间消磨干净，就算曾在心里掀起过惊涛骇浪，可如今却恍若未曾来过般，从我的世界消失得干干净净。

我触碰了我未曾接触的事物，学会打扮，开始社交，也爱上了旅行。跨越大半个中国只为去最北边感受能将我埋起的厚雪，飞去海边呼吸咸味儿十足的空气，去布达拉宫接受神的洗礼，原来这个世界真的可以变成我最喜欢的模样。

我时常望着镜子里的自己，浑身焕发着从未有过的自信光彩，是的，我成了自己想要的样子。慢慢地，身边开始出现搭讪的异性，我小心地接触，可是……"我不喜欢你，所以不想耽误你。"我淡然笑着，却有些无奈：我是怎么了，这般无欲无求？

直到我看到了你。这几千万人头攒动的大城里，两个人碰面的概率会有多小呢？至少我以为不会再相见。可偏偏你出现在了我的面前，成了我的下属。那一刻，我像是看到了心爱之人的小姑娘，红了脸颊，乱了心跳，我也终是明白了，哪有什么无欲无求，不过是死心不改罢了。

很久以后，枫叶已泛橘黄，偶有几片飘落在地上，孤零零地逐渐灰暗，我轻踩过它们，下定决心喊住了你，回头，却是我没见过的谄媚的笑。你迎上来，我却不自觉地后退了两步，脚脆了枯叶，是我没听过的细碎声响。我还是表明了身份，却悄悄地隐藏了原本的心思，看着你疑惑地回忆了很久很久又装作记起来的模样，我突然觉得你好陌生，耳边是茶水间有关你的负面消息，我惨淡地笑了笑，转身离开了。

想了很久，也通透了很多，其实哪有什么执念，只不过是想给过去那个渺小孤独的自己一个交代罢了，根本不了解，也从来没有正式认识过，心中的少年是心中的样子，是自己塑造的，却并不是真实的你。六年了，也该放下了，于你于我，都是一种交代。我曾幻想过，和你一起迎接新清晨，牵手在黄昏，依偎着观影，嬉笑过着每一天，可如今当执念了却，这些画面竟是渐渐模糊，生活依旧是向往的生活，可男主却还在未来。

"龙应该藏在云里，你应该藏在心里。"栀子花一年一年地开着，身边的人走了一批又一批，很多的故事都成了回忆，连你也成了回忆，走街串巷，仍旧是孑然一身，当初的少年会是人生旅途深刻的一笔，但也只是一笔。

妈妈的"记账本"

丁立英

与小姐妹聊天，无意中聊到了母亲节，小伙伴说要送妈妈一个记账本，因为她妈妈有记账的习惯，每天一家三口的花销，即使是一分钱也要记在本子上。她妈妈还玩笑地和她说，等她结婚的时候，让她老公还清这几年的花销。

我不禁想到了自己的妈妈。

在我的印象中，妈妈对花钱的事情从不记账。不过，妈妈的确有个小本本，有时候，她也的确喜欢翻看，但每次我一靠近，她便把它锁到抽屉里。

我也曾好奇过，但大大咧咧的我心想：不看就不看，一个本本，有什么可看的！

但是，听小姐妹聊完她妈妈记账的事情，我的好奇心一下子强烈起来。

于是，我偷偷地找到钥匙，悄悄地打开那个"神秘"的本子。这一看不要紧，看得我眼泪哗哗的。

生病记录

妈妈的本上详细地记载了我的几次"大"的生病。诸如：

2003年的非典那段时间

妈妈写道："这段时间不能去医院，所以孩子感冒发烧，只能在家吃药治疗和物理治疗。"

然后，那上面有详细的做法记录。摘几行如下：

早晨7点30分，给孩子做了个面饼，她吃不下，哄着吃了几口，一为提高抵抗力；二为吃饭后才能吃药。

早晨8点，试体温，38度，稍微降温了。

8点10分，用勺子喂几口熬好的梨汤，去去火。

8点15分，换夹在腋下的矿泉水瓶子，刚才的已经不凉了，觉得这个方法应该管点事情。

9点半，孩子睡醒，再次量体温，37.9℃。

9点40分，用茶水给孩子搓后背，搓掌心和脚心，老一辈人告诉的降温方法，但孩子不太喜欢。

这样的记录占了几页纸，也记录了那次我反复发烧的全过程和治疗过程。

事实上，小时候每逢春天，我都容易感冒，但那年的春天，妈妈记得特别详细。

看到这些记录，我的眼泪不自觉地流出来，我能想到那时候的妈妈该是多么焦急与恐惧！

获奖记录

妈妈的记录里还有很多我的获奖记录,但是很多连我自己都不记得了:

3月19日,语文老师表扬了她,说她的作文写得特别好,孩子回来特别兴奋,午饭比平日多吃了小半碗。

4月11日,体育老师说她的跑步有进步,回到家,她在院子里又跑了5圈。

5月13日,她第一次独自乘车去市里参加活动,我表扬了她,她兴奋地亲了我3下。

时隔多年,也许我还记得语文老师表扬了我,我吃得比平日多,但我肯定不记得具体多吃了多少;也许我还记得体育老师表扬我,我兴奋地回家大跑,但我肯定不记得我具体跑了几圈;也许我记得第一次乘车去市里参加活动,回家我亲了妈妈,但我肯定不记得我亲了几下。

而这些,妈妈用她的笔记录下了。我相信:她经常翻看笔记,一定也在她的头脑中记下了。

看到这些记录,我挂着泪珠的嘴角不禁微笑,我都能想见每次做记录时的妈妈心里该有多么甜蜜与幸福!

反思的妈妈

妈妈的记录里,还有几次我与她的争吵,但每段的争吵过程,她都用两三行带过。而她后面对这件事情的反思却至少要写上十几行。

在她的反思里从没一句埋怨我的话,而是从她的自身进行思考。

小学的争吵,她围绕着"孩子大了,应该尊重孩子"为主题,进行思考。

初中的争吵，她围绕着"孩子青春期，应该理解孩子"为主题，进行思考。

高中的争吵，她围绕着"孩子有自己思想，应该倾听孩子"为主题，进行思考。

大学的争吵，她围绕着"孩子有自己的选择，应该指导孩子"为主题，进行思考。

看到这些，我觉得妈妈都要成为一个心理学家了，怪不得我们虽然也会有争吵，有辩论，但我们却不会有代沟呢！原来，妈妈用自己背后的反思学习，跟进了我成长的脚步，把我们之间的"沟"填平了。

一个念头在我的脑中闪现，今年的母亲节，我要买两个一模一样的手账本，一个送给妈妈，一个留给我自己。

我也要开始记录与妈妈在一起的点点滴滴了……

斯人若彩虹

徐婷婷（直木）

闲来无事，上网溜达，在知乎上看到了一名网友的提问："在哪一个瞬间，你觉得自己嫁对了人？"还没来得及往下翻看众多网友大神的留言，一首歌的旋律裹挟着清晰的歌词便侵袭到我的脑中："如果没有遇见你，我将会是在哪里，日子过得怎么样，人生是否要珍惜……"我回忆了一下歌名——我只在乎你，我竟然因为看到这个问题而想起了这首歌，真是奇妙至极。

我会心一笑，心想：斯人若彩虹，遇见方知有！其实在遇到我先生之前，我甚至也从未读过这句话。自己嫁对了吗？有人说，婚姻如人饮水，冷暖自知；也有人说，婚姻就像鞋子，合不合脚，只有自己才知道。是的，这的确是一个值得认真思考和用心感悟的好问题。我开始认真地回想，从恋爱到结婚，从以前到现在，我嫁的人与我之间的点点滴滴。

有关于他的记忆就像是一幅水彩画卷，随着时间的推移而轻轻地展开，画卷里记录了恋爱时的相遇、相识、相知的一点一滴，也描摹了结婚后柴米油盐酱醋茶平淡的日日夜夜。至于"是否嫁对了人",回答这个问题时间尚浅,但从心出发,感受爱的许多小事却分外值得铭记和分享。

他的爱,没有言情剧中那般的海誓山盟,也没有青葱岁月那种的一见钟情,没有幻想里的非你不可或者此生不换,更没有一日不见如隔三秋的剧烈想念,但他的爱却让我在一件又一件的小事里不断沉沦。那些小事是恋爱时有一次我加班,寒冬腊月里,他就坐在车里一直等在公司门前,我工作到深夜十二点才能回家,然后我开车在前面跑,他开车在后面跟,平静地目送我到家门口,看我进门后才默默地开车离开;那些小事是结婚后,一天三次地问我:"你想吃什么?"得到了我口中的"标准答案"后,就开始一丝不苟地买菜做饭;那些小事是逢年过节抑或是某个纪念日,他总是精心准备小礼物或者鲜花,让我对《小王子》书中描述的"仪式感就是使某一天与其他日子不同,使某一时刻与其他时刻不同"有了更刻骨铭心的体会;那些小事是我们在化妆品店里,他一再坚持给我购买单瓶一百多块的某氨基酸洗面奶,却被我发现不知从哪天起他在偷偷地用我在网上贪图便宜买来的九块九一支不知是啥牌子的"氨基酸洗面奶"。在寻常的日子里,他在力所能及地给予我他能够负担得起的、最好的东西,想到这里,我竟然感动到落泪。

婚姻因着我嫁的这个人在这些小事上的"所作作为",刷新了我对钱钟书先生《围城》的认识和解读,也令我更执着于去感悟林徽因先生的爱情故事。婚前,梁思成问林徽因:"有一句话,我只问这一次,以后都不会再问,为什么是我?"林徽因答:"答案很长,我得用一生去回答你,准备好听我了吗?"于是历经国破国立,颠沛流离,相知相许,守望初心,缠绵病榻……那个惊艳过人间四月天的才女用一生来回复了自己对爱的选择。一生很长,长到你想不出要多么勇敢才能承受所有的挫折与煎熬;一生很短,短到你想不出要怎么珍惜才能不负所有的关爱与祝福。爱,令婚姻娇艳,令日子鲜活。

不论是对于平常如我们的夫妻,还是名留史册的才子佳人,"你嫁对人了吗?"这个问题的答案,在我看来,也许不是个是非题,而是个选择题。如果,你自始至终都认认真真地去爱,仔仔细细地去感受爱,你就是选择了嫁给你的"灵魂伴侣"或者"对的人";如果,你不懂珍惜,不再用心,将生活中爱的麻木归咎于工作的压力、养儿育女的艰辛、左手拉右手的淡然等,你就是选择了跳进婚姻的围城,还满腹委屈地去遥望"别人家的幸福"。

愿每一个用心爱着的人,都能遇见"闲时与你立黄昏,灶前笑问粥可温"的良人,也能嫁给"斯人若彩虹,遇见方知有"的"对的人",享受幸福,相守度过地老天荒的平淡人生。

梦想的力量

依依净莲

梦想是一个目标，是让人奋力前行的方向，努力拼搏的动力。梦想有着无穷的力量，它能使一粒种子钻破坚硬的泥土，它能使一棵小小的树苗长成参天大树，它能使一只丑陋的小鸭变成美丽纯洁的白天鹅。你瞧，梦想有着多么伟大的力量！

在我的中学时期，同学中有一对家境贫寒的双胞胎姐妹花，父亲长年卧病在床，仅靠着母亲微薄的收入维持一家人的生活。姐妹俩平时节衣缩食，依靠各种扶贫政策减免学费，求学之路非常不易。但与她们贫寒的家庭形成鲜明对比的是，她们的优秀。她们是学校光荣榜常客，学习成绩常年稳居年级前三，她们是作文、数学、物理等各类竞赛获奖者，让我们这些普通的中学生自愧不如、羡慕不已。

因为家庭的缘故，她们从小就坚定了自己的梦想，那就是努力通过知识改变命运，通过自己的努力改变目前生活的困境，为自己和父母赢得一个美好的未来。

当一个人真心想早起时,没有闹钟也可以醒来。那时,女生宿舍和教学楼坐落于学校的南北两端,中间隔着一个空旷的操场。每日清晨当学校的广播把我们从甜蜜的梦乡带回现实时,抬头就能看见教室里端坐着两个纤瘦的身影,两个让我们倍感压力的身影。她们不需要借助闹钟,总能在整个宿舍都沉浸在睡梦中时自然醒来,踏着月光朝着知识的海洋游去。一年四季,不论是严冬季节里的寒风刺骨、漫天飞雪,还是炎炎夏日的酷暑难耐、蚊虫叮咬,都不能阻止她们早起前往教室的坚定步伐,不能撼动她们端坐于教室的巍峨身影。

闲暇的用餐时间,大家随意地说笑着,打闹着,偌大的食堂热闹而嘈杂。然而排队的人群中,却总有两个与众不同的身影,安静地低着头,拿着小本本小声地背诵着什么,与周围的环境格格不入,仿佛周围嘈杂的人群和她们没有任何关系,她们沉浸在自己的世界里,让每一寸光阴都沾染上知识的味道。

疲倦的午后,整间教室都昏昏欲睡,哈欠连天。每每这时,那对姐妹花就会给我们上演一场"提神"表演,让整间教室瞬间清醒。只见她们打来一盆凉水,把头猛的一下扎进去,让水的凉气进入毛孔和睡意来一场大战。两张娇嫩的脸蛋此起彼伏,交替着往盆里扎,直到"瞌睡虫"被彻底赶跑。教室里多了两个满脸通红、脸上挂满水滴、互相看着对方微笑的身影,她们骄傲的眼神仿佛在说:"我们赢了。"我想,只有内心拥有梦想的人,才会有如此强大的勇气和决心迎难而上,战胜一切阻碍吧!

寒冷的冬日里,晚自习的时间总是特别难熬,教室里搓手跺脚声此起彼伏。而拥有梦想、内心坚定的人总有抵挡寒冷的办法。窗外操场,两个纤细瘦小的身影在黑夜里迎着刺骨的寒风奔跑,银色的月光洒在她们身上,透出她们脸上的坚毅,照亮她们坚定的步伐。一圈又一圈,她们的脚步声在安静的校园里特别响亮,仿佛是吹响了朝着梦想前进的号角。待她们冒着腾腾热气推开教室的门时,我缩着脖子好像看见两个凯旋而归的战士,她们又战胜了一个敌人,朝着胜利又进了一步。

那时宿舍里有规定的熄灯就寝时间,每晚熄灯后,她们俩偷偷地点上蜡烛,在昏暗的烛光下继续学习,小声讨论,如变形金刚般不知疲倦,一边学习一边和值班老师打游击。学校为了保障住校学生的安全,晚上有值班老师巡查,而我们宿舍因为她们的勤奋,"光荣"地成了值班老师的重点巡查对象。每晚临睡前,我躺在被窝里,望着微弱烛火下的两个纤细身影,身体靠在一起头挨着头,趴在床头,一边对着书本小声讨论着,一边竖起耳朵听着外面的动静。一旦听到有脚步声响起,立马吹灭蜡烛,屏住气息,直到脚步声走远,又悄悄地燃起她们的"希望之光"。

皇天不负有心人,一分耕耘,总会有一分收获。三年的刻苦努力、默默坚持,终于开启了她们梦寐以求、人人羡慕的名校之路。我想,这就是梦想的力量。梦想的力量像一汪清泉,滋润她们困苦的心灵,让她们拥有了克服重重困难的决心;梦想的力量像天上的启明星,带领她们走出迷茫的困境,为她们照亮艰难的求学之路。因为心中有梦,坚定了前行的方向,便只顾风雨兼程,驾着理想的风帆让成功的小船驶向彼岸。

梦想开始的地方

胡珍

小升初时,看着手里多张中学录取通知书,在家人意见不一的情况下,不知何去何从。于是,经过自己深思熟虑之后,选择了其中一所学校,开启了我的初中生涯。

桂花飘香的时候,像众多学子一样怀揣着一颗对未来三年充满好奇的心,我进入了学校大门,在公告栏一目十行地搜寻着自己的名字,然后进入新班级,认识新同学……

同学们激动的心情随着由远及近的高跟鞋的声音平复下来,那是我们班主任。老师自我介绍之后,我的心像窗外被风吹动的树叶一摇一摆——小学最害怕数学的我,进入中学,班主任还是教数学。

初中生涯的第一堂数学课,老师语重心长地对我们说:"无论你小学成绩如何,都不能代表现在与未来,以前的那一页翻过去,从现在开始重新翻开新的一页,谁努力,谁就赢在了起跑线上。"

我心里一震,感觉这句话就是为此刻的我量身定制的,突然觉得眼前这个老师让人心生欢喜，喜欢她的说话风格，喜欢她对学生认真负责的态度。她说："我不在乎你现在成绩如何，但我希望大家对待学习的态度一定要好。"

有一次，在我想破脑门都没想明白一道题的时候，我鼓起勇气去问老师，但是在办公室外徘徊了好久，迟迟不敢敲门。这时，有一位老师出来了，我连忙找个理由问："请问老师，我班主任在吗？""在呢，在批改作业，快进去吧！"

看着老师正在认真地批改我们的作业，我结结巴巴问："老……老师，我有个题目一直没搞懂，你可以给我讲解一下吗？"老师赶紧放下批改作业的笔，笑着对我说："当然可以呀！可能这个地方课上我讲得有点快，我现在给你详细讲一遍。"

那次之后，忽然觉得数学没有自己想象中那么难了，我也慢慢感觉到自己喜欢上了数学，它给我的学习带来了很多欢乐。在我们的共同努力下，第一次月考班级数学成绩排在年级第一名，而且遥遥领先。时间是个神奇的东西，它穿插在我们生命的每一个角落，让我们深刻体会到"一分耕耘，一分收获"。

人生从来不是一帆风顺。在一次考试当中，我数学考砸了。放学回家的路上看到别的同学有说有笑，我感觉自己很失败，一回到家就躲在被子里号啕大哭。

母亲知道了这个情况，于是跟老师通电话聊了会儿，第二天回到学校，老师找我谈话。"一次没考好不要紧，好好分析试卷，不要让错误出现第二次。摔一跤并不可怕，记着这个点，下次避开，不要让负面情绪影响自己。"

那一天，老师帮助我一起分析完试卷，也跟我谈了很多。人生不就是这样吗？有起有落，而最重要的是需要建立人生的错题本，总结经验教训，下一次勇敢避开。老师不仅教会了我们如何学习，还教会了我们如何做人做事。

后来毕业了，离开中学校园，脚步到达了更远的地方，时隔几年，当再次踩在中学校园的土地上，闻到既熟悉又陌生的桂花香。校门口的保安似乎还认识我，热络地说："嘿，回来了，好多年没看到你了。"一种莫名的亲切感瞬间袭遍全身。就像远嫁的女儿又回到了娘家，我的心情激动万分。

在学弟学妹们的身上，我似乎看到了我们曾经青涩的模样。我像第一次问老师题目一样站在教师办公室门外，只不过，这次更加从容。透过玻璃看着老师认真地备课、批改作业。这么多年，不论是学校还是老师，一切似乎都是最初的模样。

跟老师畅谈了许久，又占用了老师一节课的时间给学弟学妹们分享了一些学习经验。看着台下一张张天真可爱的面孔，好像看到了当时的我们——也许当下有不如意的地方，但是永远对未来充满期待，永远热泪盈眶。

后来，有很多学弟学妹们私下跟我说："学姐，我觉得你好棒，我以后要像你一样。"这话，听在耳里，甜在心里。我经常在一个人的时候问自己：如果要对梦想追根溯源的话，那这里就是我梦想开始的地方。

母爱弥漫的流年

杨晓凤

慈母手中线，游子身上衣。临行密密缝，意恐迟迟归。

那是一个炎热的夏天，空气里没有一丝风，太阳像个火球似的炙烤着大地，院里的南瓜藤无精打采地耷拉着，小狗趴在地上吐着鲜红的舌头。

第二天我要远行，母亲说要给我包一顿汤圆吃。她卷起衣袖，脖子上搭着一条灰色的毛巾，把半碗炒熟的花生粒倒在菜板上，挥动菜刀，小心翼翼剁成细细的颗粒，然后与白糖混合，搅拌均匀。接着，把糯米粉倒进一个大盆里，浇上放了猪油的温开水，像打太极似的从容地搅和起来。这是一道复杂的工序，水多了，糯米粉不成形，水少了，汤圆没有韧性，口感很差。

母亲满手都是水和糯米粉的混合物，她的手灵活地揉着粉团，从左往右，从上至下，从里到外，从四面八方柔软而游刃有余地使着劲。母亲背上的汗水浸透了衣服，鼻子上、额头上全是密密麻麻的汗珠，我连忙拿起母亲脖子上的毛巾，帮她擦拭汗水，母亲脸上露出了欣慰的笑容，她把白白胖胖的糯米粉团掐成一个个小圆球，用擀面杖压扁，裹上花生白糖馅，又仔细地包好，然后在手心里滚动成形，最后放入蒸笼。

母亲燃起火，红红的火焰映着她饱经风霜的脸庞，一颗颗汗珠顺着母亲的脸颊滚下来，滴到了地上。过了半个小时，厨房热气腾腾，空气里弥漫着丝丝糯米的清香。母亲把汤圆盛到碗里，笑眯眯地递给我。

蕴含着浓烈母爱的汤圆香而不腻，入口即化，还带着花生与白糖的醇香甜蜜，令人回味无穷。我的鼻子一酸，强忍着在眼眶里打转的泪水，望着母亲动情地说："妈妈，您做的汤圆太美味了！只是天气这么热，真是辛苦您了！"母亲看着我，乐呵呵地说："好吃就多吃一些，出去了想吃也只能买，味道不一样。"我点点头，心里开出了无数芬芳的花朵。

年年岁岁，无论我在哪里，母爱总是如影随形。

有一年春天，我上班的小城满世界飘起了柳絮，如同下了一场雪，过敏体质的我全身长了一些不知名的红点，很痒，一抓更是无法忍受。我寝食难安，跑遍了这个城市的药店，也去医院看过，可是症状始终无法根除。一向报喜不报忧的我打电话告诉了母亲，她非常心疼，立刻去大山深处的一个老中医那里问诊。

那天下着瓢泼大雨，山路有近十里长，蜿蜒曲折，坑坑洼洼，风雨交加中，母亲撑着一把小伞在雨中艰难行走，她的鞋子湿了，裤脚也湿了，连刘海都湿了，粘在额头上。

满头银发的老中医耐心听了母亲的叙述，非常感动，他给我开了一些浸泡的药和外涂的药。几天后，我就收到了一个沉甸甸的包裹。拆开一看，不禁潸然泪下，纸箱里不仅有几大包药，还有两瓶色泽诱人的土蜂蜜。

我连忙给母亲打电话，她知道我收到包裹后很开心，叮嘱我每晚都要用药水泡澡，而且不能吃辣；她知道我消化也不好，告诉我每天早晨喝一杯蜂蜜水。

　　一个月后，我身上的红点逐渐消失，脸色也红润了一些，我对母亲充满了无尽的感激。

　　母亲，我的老母亲，您的爱就是我生命里的一束束光，照耀我勇敢前行；您的爱如甘甜的春雨，滋润着我干涸的心田。无论我在何方，深沉的母爱都会伴随着我，弥漫在流水般的岁月里。

那一碗爽心入胃的鸡蛋茶

周晓凡

有人说，童年是一生中最幸福、也最难忘的时光。没错，在我童年的时光里，因为有了母亲那一碗碗香气扑鼻的鸡蛋茶，而让我每每忆起都觉得温馨满满。

每年的春末夏初和夏末秋初，北方的天气都特别干燥，有时候一个月也见不到一滴雨。我生来就是热性体质，很容易上火，在气候干燥的日子里，口舌生疮更是常见，而每到这时，吃不下、睡不好的疼痛都会让人坐立难安。

依稀记得，小时候母亲总带我去看医生，每次都会开那种特别难闻的甘草片，让我难以下咽，即使拗不过大人被逼喝下，也总会哭上半天。

记得有一次，我又生了口疮，疼得吃不下东西，哼哼唧唧地哭。可即使这样，我也不想去看医生，不想喝那味道奇怪的药。

而那次，母亲没有强拉我去卫生所，而是去到厨房生火烧起了开水。我不清楚自己将面临什么样的境遇，就悄悄透过门帘缝向里面张望。只见母亲从案板底下的坛子里取出两个鸡蛋磕进碗中，并用筷子用力搅拌。等到锅里的水烧开时，她快速把搅好的鸡蛋倒了进去，用勺子推了两下，就关火起锅了。

当她回头看见正偷看的我时，冲我招招手，示意我进去。一进屋，我就在热气腾腾的厨房里闻到一股甜丝丝的气息。母亲笑着把勺子递给我，端起那正冒着热气的碗放在了我面前的小桌上。

"这是给我做的鸡蛋花？可我嘴疼什么也不想吃啊。"我一边吸溜一边问道。

"这是蜂蜜鸡蛋茶，是我讨来的治疗上火的偏方，你赶紧趁热喝了，嘴就不疼了。"母亲摸着我的头笑着回答。

虽然我心里还是有疑问，但也顺从地坐下来。面前的鸡蛋茶看上去金灿灿的，蛋花如云如缕，悬浮其中，若沉若浮，让我一下有了胃口。我拿起勺子，轻舀了一勺入口，瞬间丝丝甜意包裹住了万千味蕾，让我忘记了口中的疼痛，只觉得香甜滋润，缕缕入心。

接下来的几天，母亲每天清早都会给我烧一大碗鸡蛋茶，看着我喝下去，她才会去做别的事情。而我的口疮也在这一日日的温润中，慢慢消却了。

从那时起，每到气候干燥的季节，母亲总会提前准备好鸡蛋茶给我喝，总怕我又被口疮折磨得吃不下睡不好。我也渐渐习惯了有鸡蛋茶陪伴的日子，有时候去学校也会用保温杯带上一杯。有同学说，闻不习惯那股蛋腥味儿，而我却觉得那股清香时时沁人心脾。

高考那年，时至夏季最热的时候，炎热的天气加上焦虑的心情，临近考试，我嘴里面起满了水泡，什么东西都不能入口，一沾就针扎似的疼，即使咽一下口水都觉得难以忍受。

好在备考的最后几天是在家里度过的，母亲每天给我烧几大碗鸡蛋茶，备好蜂蜜，饿了渴了都是拿它下肚。到了考试的时候，竟然可以吃一些东西了，也不再疼得合不住嘴，顺利度过了那几天。

我工作以后，也经常试着烧鸡蛋茶，可总觉得烧不出和母亲一样的味道。她烧的鸡蛋茶，不是那种通体都是黄色的，还有几丝蛋白浮在其中，而我每次做出来的都是细细软软的鹅黄色，跟她的雷同，但却不一样。

空闲时，问及母亲版鸡蛋茶的做法。她笑着说，那是因为你鸡蛋搅拌得太均匀了，而她做的时候每次都因为还有其他事情要忙，就来不及搅那么均匀，所以总会留有蛋白的影子啊。

但我却不全相信，即使我按她说的试过几次，也一样做不出母亲独有的味道。后来看到有人说，"即使吃遍天下美味，也尝不出母亲做的饭菜味道，那是因为她掺了很多的爱在其中……"终于明白，那一碗看上去普普通通的鸡蛋茶，却是母亲给我最深的爱。带着她的爱意，让我轻松走过那些口舌生疮的时光。

直到如今，每次遇到上火，我还是会烧一碗鸡蛋茶，放入一小勺蜂蜜，边搅拌边喝，在那热气缭绕中回味母亲带给我的那些爱和暖。一碗鸡蛋茶下肚，暖意由内而外，传遍全身的所有经络，留在舌尖的不适瞬间烟消云散，只留下肠胃中的片片柔软。

一碗爽心入胃的鸡蛋茶陪我走过一个又一个春和秋，而母亲的爱也在渐行渐远的岁月中深深植入心田。

南湖，心灵的沉静之行

郭远兰

　　南湖，距离县城大约 10 里路，开车约 20 分钟。
　　南湖实在是一处远离都市喧闹的清净之地。
　　春天的早晨，开车至此，在这湖边的道路上行走，"吹面不寒杨柳风"，像母亲温柔的爱抚。鸟儿的歌声拨动着春天的琴弦，清洗着我塞满俗世喧嚣的耳朵。若是幸运，有白鹭吸引我驻足眺望，它们在湖面上飞翔，悠然自在，恍若置身于人间仙境。湖面上升起的浓雾，仙气氤氲。两岸景色似浸润在一片轻纱之中，是一幅淡淡的阳春三月景观图。
　　有人在划船，漪涟随着桨的划动一圈一圈荡漾开来，湖光山色中便多了一份动感的快活，心中积压已久的心事随着阵阵涟漪渐渐远去。
　　道路两旁的杨柳在微风中摇摆，这是春姑娘美丽的长发在飘扬。桃花红的，柳树绿的，对面的青山、远处的房屋形成了一幅绝美的江南图画。这里"无车马喧"，我甚感"心远地自偏"。
　　也许长大以后的日子，我少有休闲的时光；也许每个工作日的夜晚，我从来没有想过聆听一下大自然的声音。

这里有儿童在放风筝，笑声朗朗；有老人坐在上边的青青草坪欣赏湖光山色，云淡风轻；有年轻人谈天说地，情深意长；有好读书之人捧一本书坐一上午，内心安静且丰盈……

南湖是我心中的一片乐土。

而今的盛夏之夜出来透气，会有宋代诗人杨万里写的《夏夜追凉》之感慨："夜热依然午热同，开门小立月明中。竹深树密虫鸣处，时有微凉只是风。"

不过，去南湖吹吹风，那就不一样了。

这里的水上之路会让我浑身清爽，一路的凉风带给飞上云霄般的轻松，黑暗中的朦胧尤为神秘祥和。在这个幽静深远的地方感受清凉如水的夏夜，是我心中的企盼。

夜幕笼罩下的南湖垂钓中心，深邃的天空中镶嵌着无数闪亮的星星，每一颗都在向我调皮地眨眼睛，它们会扫去我一身的疲惫，开启我心中的明灯，为我指引明天的路。

星光璀璨之下，缓缓走下那逼仄的台阶，就到了一个中央的平地，木栈道下边用了一些有浮力的轮子固定，安稳而结实。

"明月出天山，苍茫云海间。"在朦胧的夜色之下，我看见几对恋人在桥上散步，到了这种如诗般的境界，他们说话的声音也似乎极为温柔。宁静的湖光旁边，树影婆娑。远远望去，可见依稀的灯光，时隐时现，添加了几分夜的优雅。

踱着步子向前走去，河里的水离我很近很近，徐徐清风在我的面上轻拂，感觉是从未有过的凉意。远处的山在夜色下如一幅抽象画，没有白天的一目了然和绿色肆意，却让我看到了它此刻的沉静与豁达。

在这些木栈道的旁边有一些翠竹，它们似立在水中，这让我不禁想到水上之城威尼斯。

夏季的夜晚，这里就是我心中的威尼斯，湖上的三条宽阔之路可以供我们行走、游玩和纳凉。

在这朦胧的万木葱茏之境，听到有人在大声嘻哈，这是一种发自肺腑的愉悦，他们自带了凳子和小桌，三五知己在这里闲情小酌。

忘记多久没感受那凉凉的清风和明亮的月色，只是从这里回去以后，我竟梦见自己还在南湖，吹着风，欣赏着它的美，心灵无比安宁……

你是我的四月天

司德珍

生你的时候，我已迈进大龄产妇的行列。因生你哥哥的时候是剖宫产，即使相隔七年，我还是不敢冒险顺产。当了母亲的女人极为胆小谨慎，所以在临近预产期就住进了医院。

也曾为你选了出生的日期，农历七月初六。只是你那几天出奇地安静，我连假性宫缩都没有。经验丰富的大夫估测了你的体重，认为个儿太小，建议我出院。

只是我头一天办完出院手续，第二天你就迫不及待地要来到这个世界。农历七月初七，仿佛是命运的苦心安排，你等着在这一天与我见面。

医生把你抱到我身边，那是我见你的第一面。小小的脸庞，眉眼里都是我的模样，长长的睫毛上还有未干的泪滴。所有的人都说你是我前世的"小情人"，所以才会在七夕与我相见。你并不是我计划内要的孩子，究竟是怎样机缘巧合，你才来到我身边，成全了我们的母子情缘？

从小你就是个乖巧懂事的孩子。我去接送哥哥上下学，还在襁褓中的你，无论是在婴儿车里还是床上，无论是睡着还是醒来，从不哭闹，就那么安静地等我。

两岁左右的时候，你跟着我去店里。看着我忙里忙外，你会坐在柜台边玩玩具。只有在我空闲的时候，你才会扑倒我怀里撒娇。我抱着你说："对不起宝贝，妈妈都没时间陪你。"你昂着小脸稚嫩回答："团团陪妈妈。"

那一瞬间，恍若看到你拼尽全力飞到我身边的模样。

三岁，你去幼儿园。生意正值旺季，早晨总是早早把你叫起，提前送你入园，你从不哭闹；下午又经常不能按时接你，有时候幼儿园里就剩你一个孩子。无论多晚，你都会安静地等我。

有一次我去接你，你走在长长的队伍中间，探出头看到我，满脸掩不住的欣喜，小手攥成拳头，冲我挥挥手。等你跟老师告别后，你摊开紧握的拳头，手心里有一颗奶糖，你说：妈妈，老师奖励我的，送给你！

我接过被你攥的有些潮湿的糖，上面还有你手心的温度。那一刻我热泪盈眶，我知道这世间再多的甜，都抵不过你给的这颗糖。

四岁那年，你做了场手术。你从手术室出来的时候身上插满了管子，我握着你的小手，唤着你的乳名：团团，团团。你缓缓睁开眼，虚弱地叫了声妈妈，我心疼得落了泪。你赶紧安慰我："妈妈，我不疼。"

你与病房里其他孩子的嚷嚷哭喊不同。你不哭不闹，就那么安静地躺着，我一度以为是麻药剂量过大，抑或是你对疼痛不敏感。

医生查看时，问你怎么不喊疼。你偷偷瞄我一眼，悄悄跟医生说："叔叔，我疼。可是我一哭，妈妈会更难过。"我顿时潸然泪下，悄悄别过脸抹了眼角的泪。

五岁那年，我带你去游乐场。有一个攀岩项目那儿围了好多人。岩顶放了好多玩偶，爬到岩顶的孩子可以选一个自己喜欢的玩偶。我问你要不要玩，你抬头望着上面似乎在辨认着什么，看了好一会儿，才点头同意了。

你奋力爬到顶端，兴奋地拿起一只皮卡丘的玩偶冲我挥手："妈妈，这是你喜欢的皮卡丘啊！"我抬头仰望，的确是我喜欢的。

下来后，你迫不及待地将那只玩偶递给我，满是汗水的小脸笑成一朵花，亮晶晶的眼里满是喜悦："妈妈，送给你。"我看着你手心里一道道绳子的勒痕，紧紧抱住了你。

前些日子，流感来袭。我不幸中招，发烧咳嗽。你坐在我身边，用稚嫩的小手轻轻拍着我后背。半夜我迷迷糊糊地听见你起床，以为你去厕所，后来你站在床前手里端着一杯水，你说："妈妈，你老是咳嗽，喝点儿热水会好点。"

济南机器人比赛，三天两夜，那是你第一次离开妈妈。我送你去学校集合，路上你并没有兴奋。我问你喜欢不喜欢去参加比赛，你说喜欢。我再问你："怎么不开心啊？"你说："我不在妈妈身边，晚上妈妈咳嗽，谁给你倒水啊？"

都说儿行千里母担忧，我担心小小的你离开了父母会柔弱无助，不曾想过，你也会担心我身边有没有一杯热水。

亲爱的宝贝，因为有你，即使生活不易，但也没觉得有多苦。有你在身边，足以抵过尘世间所有的荣辱悲欢，借用林徽因的诗句来形容你再贴切不过了："你是爱，是暖，是希望，你是人间四月天。"

没错，你是我的四月天。

努力过上自己喜欢的生活

涂烨蕾

每一种平凡，都可追求卓越；每一个小目标，都可实现大梦想。虽然我们生来平凡，但只要喜欢，就努力去追寻。努力过上自己喜欢的生活，是一件唯美而独特的事。

"铃——"睡梦中的我被闹钟惊醒，我用被子蒙着头，想继续美梦。闹钟不停在响，我掀开被子，眼睛一下子睁不开，窗帘都挡不住的晨光散射进来房间。我突然想起今天是周一，猛然起身，手肘在床边滑了下，连滚带爬摔下床。

我扶着床边起来，看了看时间，居然比平常起床晚二十分钟，这意味着什么？我脑子在嗡嗡地叫，不断在想：意味着我赶不上早班公交车；意味着地铁站开始高峰限流，得和人潮汹涌的上班大军一起排队；也意味着到了公司也赶不上限流前的电梯，得慢慢排队等电梯；那么最后的结果就只有一个——迟到，迟到需要写原因、扣当月全勤奖，这一连串的连锁反应，对我来说，简直是个恐怖的蝴蝶效应。

胡乱洗漱一番，简单化个妆，套上通勤衣服，踩上高跟鞋就往门外奔。广东的春天，我想是完全被夏天占领了，四月里三十多摄氏度的温度，小跑一会儿我就已汗流浃背，感觉十分不舒服。要知道，公交站只离我家不到500米，此时此刻的我顾不了其他，只能加快脚步，盼望能顺利坐上早班车。

　　公交站比以往人多，排队的地方已经挤不进一个我了，我只能站在站台下面的马路边，这里站了许多和我一样等早班车的人，他们有的手里拿着一袋面包，有的嘴里含着半个馒头，目光投向公交车开来的方向……我想大家心里都默念着：公交车早点到来。

　　在远处，有几辆公交车闪现，但看不清是几路车，车站一拨人早就按捺不住"热情"，熙熙攘攘地涌动着。公交车靠站后，我瞄准我坐的那路车，撒腿就跑，因为我站在马路边，所以我很快就被人推上公交车，虽然需要站着，但我很庆幸，我可以在我起晚的情况下能够挤上早班车去地铁站。公交车里鞋头顶着鞋跟，沙丁鱼罐头大概就是这样吧。

　　我抓紧扶手，心里不停默念："不要堵车、不要堵车、不要堵车……"也许墨菲定律太神奇，路上一辆出租车和私家车碰上了，两位车主争得面红耳赤，迟迟不愿拍照清理现场，为了一口气堵在那里，非得耗到交警过来指挥、调解。

　　这时，公交车里有些人想下车，请求司机开门，但汽车公司规定不能随意在未靠站时开车门，司机也就不作任何回应。有几位乘客一直嚷嚷着："地铁站就在前面五十米而已，司机就开门给我们下车吧！"原以为司机谅解我们，会破例开车门，哪知道司机只说了一句"到站再开门"，我默默低下了头，安全第一，只能祈祷那两辆车赶紧离开，腾出路来。

　　车上有一位大哥，四十来岁，见司机不开门，冲上去想为难司机，幸好交通已经慢慢恢复顺畅，公交车也缓缓到达车站，这才避免了一起乘客与司机争吵的事故发生。

083

我跳下车,往地铁站跑去,还好穿了不是太高的高跟鞋。穿过人山人海,顺利进入地铁站……待我坐在工位上,滚烫滚烫的汗珠在我额头流淌,我拿纸巾不停地擦,随后去卫生间补妆,从卫生间出来,还是一个在写字楼工作的"美女子"。

有人说,每天这么辛苦上下班,不如直接在家附近找个事做,这样过得也舒服。是啊,想想是挺舒服的。但是辛苦不正是大城市的吸引力所在吗?辛苦付出,总会有所收获,不仅仅是物质上的,还有精神层面的,要想努力过上自己喜欢的生活,这个过程必不可少。人因梦想而伟大,因行动而改变,将来的你,一定会感谢现在拼命的你。

牵一只蜗牛去散步

素心若雪

前几天，女儿的幼儿园老师推荐家长读《牵一只蜗牛去散步》的绘本，闲暇时间我仔细地品读起这本有趣又引人深思的绘本，之后我的心情久久不能平复。我不由自主地想到了我的女儿。从女儿蹒跚学步到上幼儿园，每一天我都在焦急、紧张、催促中度过。要催促她起床、刷牙、穿衣服；叮咛她乖乖地听老师的话，与小朋友和睦相处，懂礼貌，在幼儿园要好好吃饭、好好睡觉，注意安全，等等。而我的宝贝女儿呢，很多时候都是不紧不慢，对一切都淡然处之。即使是她自己喜欢且主动要求学习的芭蕾舞蹈，不管课堂里老师是如何耐心地引导，教室外的妈妈是否生气，她还是依然随心所欲，漫不经心懒散对待。

突然意识到，我的女儿不就是那一只需要引领的小蜗牛吗？在牵着我的"小蜗牛"前行的路途上，我有过太多的焦虑、急躁和不耐烦，我会嫌她学习的时候专注力不够，日常生活里磨蹭，自理能力差，于是我就不停地在后面催促，我拉着她，催促她，却还是嫌她慢。其实，"小蜗牛"们在成长的道路上已经用尽全力在爬行了，却总是得不到我们的认可，面对我们的高要求他们总是满腹委屈却又小心翼翼。这个绘本里的故事让我明白了，成长是一个漫长的过程，在教育中不能操之过急，也不能追求立竿见影的效果。想到这里的时候，我的心突然变得很平静。为什么我不能放平心态，耐心地陪伴我的"小蜗牛"慢慢长大，一起享受成长路上的美好时光，一同感悟鸟语花香，满天星斗？牵着蜗牛散步的时候，其实蜗牛也在牵着我慢慢地前行，使我不断地发现身边新奇和美好的事物，让我重温了成年人的世界里少有的那种单纯和率真，让我的生活变得丰富、有趣和可爱，在匆忙赶路的时光里，偶尔也能慢下来，边走边欣赏沿途的风景。

　　牵一只蜗牛去散步，或者被一只蜗牛牵着前行，往后和女儿的相处中，我要把自己变成她的同龄人，去他们的世界看不一样的风景，要用足够的爱心和耐心去呵护和陪伴，接受孩子的所有，不以成年人的标准对待孩子，相信他们每一次的努力都会有收获。

　　走进小蜗牛的世界去看一看，会发现我们的童年回来了，我们的童心也回来了。

　　在一个天气不错的周末，我们计划组织一场户外活动，带女儿从繁重的学习任务中走出来，放松一下心情。女儿听到要去郊外野餐开心得不得了，不停地问我："妈妈，是像小猪佩奇家那样的野餐吗？"我说是的，她就开心地又蹦又跳去收拾自己的东西了，小嘴巴一直不停地说着自己要带的东西。

　　到达目的地，扎上帐篷，铺好野餐垫，摆上美味的食物，绑好吊床，女儿新奇又开心地看着这一切，激动得大跳大叫，我们也被她逗得哈哈大笑。她先是体验了吊床，觉得很有趣、很好玩，可以躺在里面荡秋千，还可以看到天空，接下来坐在野餐垫上吃起了美食，边吃还边称赞说今天的食物真美味啊。我在想，不变的是食物，变得更加美好的应该是心情吧。吃饱喝足女儿又钻到了帐篷里面，开心地说："我要一直住在这里，这里也太好玩了吧。"孩子们的世界简单又纯粹，很快，女儿认识了几个小朋友，他们相互做了自我介绍，分享了各自的小零食，追逐打闹一起玩起了游戏，笑声久久地回荡在耳边。此刻的我，心情很平静，也很幸福，静静地坐下来看看周围的风景。蓝天白云，红花绿树，漫天的柳絮打着旋儿跳着最华丽的舞蹈慢慢飘向远方，聆听孩子们的欢声笑语，还有风掠过树梢的声音。微风中有暗香在浮动，我循着这暗香找到了一片花海，顿时心旷神怡。女儿一声"妈妈，我要放风筝啦"，才让我回过神。

　　起风了，女儿的爱莎公主风筝飞了起来，她牵着线欢快地在草地上跑来跑去。我突然想到了小时候放风筝的自己，那时候的风筝是自己手工做的，虽然没有现在的风筝漂亮，但当时的快乐是真实的、令人难忘的。

　　仔细想想现在女儿在幼儿园老师的细心培养下，她学习并规范了很多行为习惯，自理能力也逐渐进步，还能独立表演自己学到的小才艺。虽然在一些学习中有时候还是有些不太认真，但是我能感觉到她乐在其中，并且在不断地进步，看到她可爱的笑脸和快乐的样子，我心里还是很开心。诸如此类的表现和进步，让我深有感悟：一直以来，不是"蜗牛"走得太慢，而是我的要求过高而已。其实我的"小蜗牛"每一天都在进步、在成长。

　　这只"小蜗牛"让我发现了很多生活中被忽略的美好，每天匆匆忙忙赶路，忘了抬头看看夜晚璀璨的星空，忘了看看墙角盛开的鲜花，错过了很多的风景。以后的生活里，我想慢下来，陪女儿感受四季的变换，听春雨沥沥，夏虫呢喃，感受秋收的喜悦，在寒冷的冬天踏雪寻梅。

　　未来的日子里，我们一起慢慢走……

青天外

蔡晓菲

　　串起竹林翠色，倚傍闲云霞色。从朝阳初见，布衣在泉边浣洗，到日暮时分，行人步履匆忙，泉于石子间缱绻流淌，寻一份安然自在。

　　多数时候是纯白透亮，映着泉间碎石，滋养着万物的来路。

　　人生生世世，情亲亲切切，泉世代在这里。她陪伴着这一围的百姓，流过低洼纵横的农田，流过家门口的稻草屋，流过女子浸泡许久发皱的手指。日复一日，年复一年，她听老人们讲前世今生，讲百年间四季永恒的流转。

　　她喜欢那棵石缝间蹿出的小草。她数着一二三，冲击而下的珠子滚落在叶子上，叶片微微颤动，珠子顺势而下，恰好回到她张开的纤纤玉手中。

　　她和小草包容着稚嫩面孔上肆意的喜怒哀乐。穿着肚兜的孩子们聚在一团，弯腰捡石子，接连往泉里扔，比赛谁泛出的晕大，谁的晕大就可以分到一块最大的烧饼。

也见证着褪去青涩后笑而不语的心事重重。记得那个光着脚丫捧着书信的小小身影，嘴里念叨着远方的归人，母亲在一边往泉里浸蓝布衣裳，说着，海，海，海。

她也想看看海。

石子们捂着嘴笑："你这山野泉水，竟然还想去大海，怕是白日做梦呢。"老人们端着盆，继续往里面倒淘米水："就这样吧，村里不好吗？"布衣随着水波激荡起的涟漪扭着腰，似是看什么新奇模样。

村上最年长的老人说，很久很久以前，这山泉原乃是富贵人家的私宅之泉。由精巧工匠引入室内，洗漱、浇花、吃食皆是这泉。这泉也见识了灯红酒绿、熙熙往来，文人墨客写下精妙诗句，只为博得君子一赞、展美人一笑。而后家族落寞，泉也终又回归自然，自诩高贵出身却引得频频侧目。

自打知道了前世今生，泉心中暗暗做着打算，想着何时出发，出发去看看山野之外的天空，看看诗中广阔无垠的海。和小草商量着去海的方向，聊着孩子父亲信中关于大海的一切。

一日，有位穿戴像个药师的外乡人来山林，把小草连根拔起，扔进了后背的竹篓里。夜幕降临，她心里空落落的，耳边少了熟悉的声音，溅起的水珠直挺挺打在心上。此刻，看海是她心头唯一的惦念，马不停蹄，即刻出发。

她穿过山林，淌过低谷，低吟浅唱着，一路向东。路边有动人的花儿朵朵，白色的蝴蝶翩跹而来，不时有小鸟划过水面，漾起圈圈涟漪。水中鱼儿听说她要去看海，一片唏嘘之声。她只是笑笑，继续向前奔走着，一切嘈杂随风飘散。不在意，也不争辩，如经过的草木，有落叶就一起走上一段，未曾落下就继续独自前行。

喧腾夏日，树上知了叫个不停，叫得人心烦意乱，心头更生一层热意。遇到断崖，她如一条洁白的绸缎撒下，果断自如。像身着战袍的女子，伴着节奏感的琴声挥舞手中长剑，引得水花飞溅，溅起雨后天晴，溅起开阔天地。掷地有声，打在一旁白石上，落在根根翠竹上，不免心旌摇荡。

　　静默秋日，断了一截的老木静静地倚在岸边，沙子无声地躺在池底，鲜有鱼儿拨起，多数时候是奇怪的平静。暮色降临，晚霞也收了进去，身披外衣却依旧觉得寒气逼人。掬一壶泉水，泡一壶清茶，茶叶泡了多次，已沉于壶底，失了清香，多了一层苦涩。

　　沉淀冬日，见一人，头发白了大半，尽数散落于肩头。大抵是醉了，对着泉水，对着山鸟，对着花花草草说着不得意。凌晨有雾，迷了眼睛，看不清去时的路。殊不知，再走远一些，到了后山视野就开阔了。

　　温暖春日，和风终是来了，送来独有的暖意，山上的雪融化了，一洗她一路的风尘。刚刚还是乌云密布，一会儿就是云淡风轻。有小舟在湖上，男人们在对岸田间灌溉，女人们在岸边敲打着衣裳，孩子们像是云儿生了脚丫子，撒着腿跑在春风里。春雨打在她脸上，望着不远处的阵阵春烟。

　　不知过了多久，她走过了漫长的岁月，造就了竹林的郁郁葱葱，最终见过了浩瀚的大海，却依旧回归山林。她不在意石子们的嬉笑，不停息是她的宿命。心中有清泉，见证起伏、见证洪流，哪怕最终归于平和。蓦然回首，石缝间又长出了小草。

　　又是百年之后，遇一人，头发白了大半。不知今后又会有多少人来此，聆听水珠落向水面的声音。只要回头望来时的路，都曾珍惜过生命中的每一滴清澈，足矣。

清甜时光

侯娟利

　　一望无际的田野，绿油油的麦苗覆盖了大地的颜色，蓝天下自由自在的小鸟翱翔着，地头蜿蜒的水渠忘我地流淌着，路还是那条路，窄小而又细长，尘土厚实……儿时的记忆总是让人亲切不已。

　　一阵风吹过，隐隐约约传来一串串笑声……那时的我们在放学后丢下书包，抓起一个馒头慌忙中边跑边咬边吆喝着小伙伴的名字，跑到田野里，撒欢，追逐。追赶中从不忘在春天的田野中摘满两口袋野菜，是战利品也是回家不挨骂的借口。雨天也挡不住我们在田野里奔跑的身影，穿上雨鞋在地头踩着泥巴，手抓一把泥，扬起再摔下，空中就会留下响响的啪啪声。回家后那副狼狈的样子总被家人数落，心里却满满的开心与得意。

　　田野里有一大片的甜菜地，周末的时光我们绕着甜菜地追逐，也盼着甜菜快快成熟。跑累了，总不忘环顾四周然后一头扎进地里用双手扒拉着泥土，拽出一个又大又泥的甜菜，抠掉泥土，用指甲掐出一道道的细缝，沿缝再掰开，你一块她一块……那种香甜准是最满足，也是最可口的。吃完也不忘快速打扫战场，用手一下下掬土填平坑，压实，盖上甜菜叶，然后又开始追逐、嬉闹……

临近傍晚我们趴在地头捉蛐蛐、逮蚂蚱，想听蛐蛐叫、看蚂蚱跳跃，然而蛐蛐总是在我们的围追堵截下宁死不屈不愿张口叫出声来。我们学着蚂蚱的跳动排成一排抱头跳跃着。一旦听到蛐蛐的叫声便循着声音蹲下去，趴着，迅速用双手死死捂住，然后小心翼翼一点点放大指缝，终于逮住蛐蛐我们会尖叫起来，不小心让蛐蛐跑掉了不免略有失望却又满怀期待地继续寻找下一个……就这样开心地玩闹着，笑声传到了月亮上，一旁的星星羡煞得一闪一闪，踏着月光，我们约定着再来的时间各自悄悄溜回了家。

突突的大机器在白云的惊愕下，在田野上轰隆而过，正在追逐的我们回过头，惊诧于那个不久前还长着禾苗、甜菜的绿色田野被吞没了，变成了土褐色，我们面面相觑，欢笑凝结在空气中，没有人说话，像裸露的寂静无声的土地一样，我们低垂着头回家了。

之后我们依旧会跑向那片田野，会不约而同地站在地头的一块大石头旁，不过只是静静地看着，看着大片田野慢慢变成了许多个形状各异的小块，看到了一条条的小路。再后来，大石头也不见了，取而代之的是几个大土坑，隔三岔五再去，我们也只能呆呆地站着观望，一站就是一个下午，然后默默地伴着月亮回家。

那片田野正在被改建为公园，一条条小道铺上了水泥，褐红色的矮砖墙围砌了起来，有的小矮墙还是镂空的，我们跳进去跳出来，躲在矮墙后呼唤小伙伴的名字，每人占据一小块空地当城堡，往日的叫喊声、欢笑声又回荡在空中……

没有任何征兆地，有一天，父母带着我离开了那个小镇。再次站在曾经撒欢打闹追逐呆站的地方，我看到了宽阔平整的大路，那些被矮墙围起来的地方已变成花坛，各色鲜花盛放，香气四溢，小道上人来人往，悠闲自在，不时传来小孩子嬉笑喊叫的声音，不远处是整齐的居民住宅区……

离散多年之后的小伙伴们又聚在了一起，已为人父为人母的我们，聊生活聊工作，聊人到中年的压力和责任，最愉快的是回忆儿时田野里一起追逐嬉戏……傍晚，灯光渐次亮了起来，温柔而美好。

岁月厚待我们，那曾经的欢声笑语是留在记忆中最天真、最和谐的声音，也是我们最开心、最单纯的真情流露。

那些年，真好！

人间烟火，最是清欢

孙燕凤

周末去亲戚家玩，三层楼别墅雅致漂亮。

院子里一棵高大的龙眼树挂满了果实，青青绿绿已有手指肚大小，似满天繁星数也数不完。

客厅宽敞明亮，整洁干净。每一朵花，每一幅画，都摆放得恰到好处，无懈可击。一架钢琴用绛红色的布覆盖着，标榜着它的显赫高贵；精致的花瓶里插着粉色和浅绿色的小碎花枝，淡雅美丽，与室外的绿树成荫相得益彰。生活在这里真不啻人间天堂，让人心生羡慕。

可是，华丽中我总觉得缺少了点什么。记得蒋勋老师说过，"家跟房子不同，家是有气味的"。这气味便是人间烟火味。

而在亲戚家，我却闻不到那股满带生活气息的浓浓烟火味。

亲戚两个孩子，一个刚读初中，一个读小学，平时三餐在学校吃。男主人吃住在公司，剩下女主人在家，今天吃外卖，明天吃水果减肥餐，一个星期也难得做一次饭。

厨房里的碗筷堆放在橱柜里，看起来有一阵子没用了；微波炉、消毒柜都是坏的，权当摆设；卫生间的电灯也不亮；米桶里只剩下几粒米……

没有了寻常人家的烟火味道，纵然房间布置得再精致豪华，无法给人温暖的感觉，仿佛置身于五星级宾馆，有着冷冰冰的距离感。

我更爱他们从前透着油烟味的厨房，坐得有点拥挤的餐桌，孩子们打闹而略显凌乱的沙发——世俗的烟火是联结每一个幸福家庭的纽带！

而这温馨的一幕，在日益快节奏的都市，竟渐去渐远。我不禁想起小时候物质匮乏却热闹欢快的日子。

那时候每个家庭一般都有几个小孩，因此玩伴就特别多。犹记得一个夏日的傍晚，喧嚣了一天的村庄慢慢归于静寂，牛进栏，鸡入笼，家家户户炊烟袅袅，人们都在准备可口的晚餐来犒劳一天的辛苦。暮色沉沉中母亲出门去挑水，不忘回头叮嘱我趁天还没黑赶快烧水洗澡。我脆声声地应允着，却禁不住小伙伴的邀约，母亲前脚刚走，我后脚便溜出门，跑去跳绳了。母亲挑水回来不见了我，灶里的柴火也熄火了，气不打一处来，恨不得抓住我痛打一顿！可又不知道我在哪里，只得扯起嗓门儿唤我。我在远处的晒谷地坪听到了，虽然也害怕被母亲打骂，但正玩在兴头上，嘴上应着她"回来啰"，人却继续在起劲跳绳！眼看天快黑了，我才急急忙忙跑回家，刚进门母亲劈头便骂我："懒人儿，还知道回来呀？今晚不用吃饭啦！"我自知理亏，一声不吭。

吃晚饭时我不敢看母亲，闷闷不乐低头喝粥。不知道她想数落我还是想安慰我，便用手轻拍了一下我头部，只一下，我的脸便埋在了粥碗里，等我抬起头，秒变一个大花脸！母亲一看"扑哧"一声大笑："三妹，你怎么了？"她竟然不知道是自己的杰作！众姐妹看着面目全非的我也忍俊不禁，"哈哈哈"一个个笑得前仰后合，眼里溢出了泪花。

笑声飘荡，快把屋顶的瓦片掀翻了！纵然生活艰辛，但因有袅袅炊烟的爱抚，有一粥一饭的滋养，有一家人的笑声相伴，一切便都有着充满希望的温暖。

寒冷的冬天里，令我回味无穷的还有那热气腾腾的芥菜粥。

芥菜是我们冬天常吃的一道青菜，长长的菜梗，碧绿的菜叶，听老人说坐月子的女人都可以吃，可以祛湿。但它带有一股苦涩味，过了霜降才会有点甜，小孩子都不喜欢吃，但我却喜欢喝芥菜粥。母亲做芥菜粥最拿手了：将菜梗、菜叶切成细丝，连同猪骨一起熬粥，再放点姜和葱末，一锅热气腾腾的芥菜粥便做好了。

冬天我喜欢赖床，尤其是在下雨天，蜷缩在温暖的被窝里不愿起来，但是母亲煮芥菜粥的早上，我是不用大人催促的。伴随着雨点"滴答滴答"敲打地面的声音，一阵阵香气袭来，不用问，那一定是芥菜粥熟了。我忍不住深深吸一口香气，肚子立即"咕咕"叫起来，我一骨碌爬起床，奔向厨房。尽管外面天寒地冻还刮风下雨，室内却热气腾腾，氤氲着一团团的雾气——母亲煮了一大锅的芥菜粥，满屋飘香，馋得我快流口水了！迫不及待盛了一碗，全然不顾母亲在一旁叮嘱，"小心，别被烫着"，狼吞虎咽吃起来。一碗芥菜粥下肚，既饱腹又驱寒，浑身热乎乎的，感觉春天来了！上课的时候心里还惦念着芥菜粥，中午放学回来又是一顿芥菜粥，百吃不厌。

斗转星移，时代在发展，每一代人都有其不同的宿命。不变的是，人间烟火，依然是尘世中的清欢，像三月的小雨润物细无声，却滋养着大地上的一切生灵；又像永远闪耀的灯盏，映照着千家万户的窗口，让追逐的人们不至于在黑夜中迷失，安顿浮躁的灵魂。

手冲咖啡之初体验

衷慰力

2021年年初,公司由于业务版块扩展开始涉入咖啡领域,作为项目组成员的我也随之开始了一场神奇的咖啡探索之旅。

为了做市场调查,我们收集了许多知名的连锁咖啡馆及独立咖啡馆的资料,并一家家地前去探店。要知道在此之前咖啡馆于我而言,只是个纯粹聊天和等人的休闲场所,我是从来也绝不会特地为了喝杯咖啡而去咖啡馆的。没想到现在自己居然会为了喝一杯创意咖啡而满城到处逛咖啡馆。

起初作为一名咖啡小白,我对于咖啡的了解仅限于速溶咖啡,拿铁和卡布奇诺等大众层面的认知。印象中咖啡又苦又涩,特别是喝了后经常头晕难受,打心底里我就一直排斥这种饮品,认为自己的体质天生是不适宜喝咖啡的。后来随着考察的不断深入,我逐渐改变了对咖啡的这种偏见。不仅对咖啡豆的产地、庄园、口感、烘焙方式产生了兴趣,也开始慢慢习惯于每天自己冲泡一杯挂耳或手冲咖啡。就这样在不知不觉中，咖啡悄然走进我的生活。

直到今日，我依旧清楚地记得我第一次品尝到新鲜烘焙出来的手冲精品咖啡所带来的惊叹和惊喜。那天，我第一次知道原来咖啡并不只是又苦又涩，它其实还有更多丰富的口感，如单品咖啡浅烘后带来的果酸味、花香味等。这种丰富的口感更值得让人细细品味。

记得那次是去朋友推荐的一家咖啡烘焙作坊。这家咖啡作坊是一家开在静僻之处的沿街铺面。门面不大，透过双开门的玻璃，可以看到里面杂乱拥挤的作坊风格。

我推门而进，朋友还没到，店里的人应该早已知晓我要来访，亲切地招呼我坐下。趁着等待的时间，我顺势坐在吧台前的木凳上，开始四下打量这家咖啡作坊。

这家作坊东西多且杂。系着深咖色帆布围裙的店员们一直手脚不停地忙碌着，偶尔还有熟客上门取货。空间狭小到除了摆放设备和桌椅之外，吧台前仅可容纳两三个人就座。虽然无论是从门面外观还是内部装修风格来看，这都是一家不起眼的小店。但满屋子弥漫着咖啡的醇厚香气，都在无形之中吸引着人们驻足。

桌上摆放着、墙上挂着各式各样我叫不出名的器具，吧台上也横七竖八地陈列着咖啡豆和手冲壶等物件。店内墙壁上的醒目位置贴着一张白纸，上面是手写的五个大字"松屋式手冲"，估计是一种日式冲泡手法。据说这家店主人做咖啡很多年了，曾专门到日本跟着手冲大师学习日式冲泡咖啡。引人注意的是，吧台上摆放着的两排透明玻璃管陈列架，管子里装着已烘好的暗褐色的熟豆。我充满了好奇，不禁心里暗想，原来咖啡豆长这样，好想倒几颗出来摸摸闻闻。

靠门边一侧的角落里摆放着一个透明玻璃罩子封闭起来，里面装有个铁制转盘的设备，后来才知道那个是烘焙机。咖啡生豆就是在这台烘焙机里直接进行烘焙，烘好后再进行包装。

朋友很快就到了，笑着跟里面的店员点单说来一壶手冲耶加咖啡。据她介绍，耶加雪菲是埃塞俄比亚的一座小镇，西达摩省的著名产区之一，地名寓意"让我们在这块湿地上安身立命"。湿地旁的湖泊带来丰沛的水气，小镇终年雾气弥漫，四季如春，凉爽湿润，孕育出耶加雪菲独特的花香和果香调性，成为精品咖啡的代表。难怪别人说，"七分产地，三分烘焙"。咖啡豆的原产地对于口感而言还是蛮关键的。

店员熟练地将准备好的咖啡生豆倒进烘焙机里，十余分钟后一锅新鲜烘焙好的豆子就出炉了。现在回想起来，那时的我们还在为自己能品尝到最新鲜的咖啡而沾沾自喜。但当我了解到豆子烘好后还要养个几天口感才好时，才发觉自己对于咖啡知识了解得太少了。

店员把烘焙好的豆子研磨好了，有条不紊地摆放好滤纸、滤杯、分享壶，准备好手冲壶、开水，待一切准备就绪，一场非常有仪式感的手冲咖啡制作就要开始了。

大家都安静下来，只见店员先将咖啡粉倒进装好滤纸的滤杯里，轻摇至咖啡粉表面平整，再缓缓拎起装好热水的黄铜制带鹤嘴的手冲壶，稳稳地往滤杯里注水。她神态专注，眼睛一直注视着这缓缓流出的水柱。先闷蒸，即30秒钟往滤杯内注好30毫升热水——我知道现在有专门的电子秤可以帮助人们在注水时更精确地知道注水的克数和时间，但在当时，这位店员并没有使用电子秤，可能对她而言已经熟练到不需要借助工具来操作了。我惊讶于她控制水流的平稳速度。这没有几年的功力估计是做不到的。在我们无声的惊叹中，她的手在大概2分30秒的注水过程中一直稳稳地握着壶把手控制着细水柱匀速地流下，直至将注水结束才缓缓放下手冲壶。

咖啡液终于从滤杯下端一滴滴地来到分享壶里。随着注水量不断加大，咖啡液一缕缕持续地往下淌，颜色渐渐变深，不一会儿的工夫就积了小半壶。等滤杯里的水都流下去，咖啡渣全部露出来的时候，店员熟练地取走滤杯，端起分享壶给我们的杯子里倒咖啡。

　　杯子里升腾起夹杂着咖啡香气的白雾，我们迫不及待地端起杯子小心翼翼地小口试抿。口感果然很独特，带着清爽的果酸味，一点儿也不苦涩。我忍不住再小抿一口，咖啡液顺着口腔流入喉咙里，顺滑又酸爽。满心喜悦的我们就这样小口小口地细细品尝，不一会儿杯子就见底了。最让人惊喜的地方在于，咖啡喝完后口腔里残留着丝丝香甜的回甘，咖啡的余韵居然让人有种口舌生香之感，特别是喝完这杯咖啡后，人也不觉得头晕难受，反而很享受这酸甜的滋味。

　　真是一次极美妙的手冲咖啡初体验！

　　从那以后，我对手冲咖啡产生了强烈的兴趣，也开始留意收集不同风味的用来做手冲咖啡的豆子，研究烘焙程度及手冲制作的不同手法。

　　原来生活处处有惊喜，只要敢于去尝试，喝咖啡如此，人生亦如此！

四季里的童年

郭天青

现代生活节奏快、压力大，偶尔抬头望向湛蓝的天空，我总会想起那条每天需要用脚步丈量六次的求学路。

小学阶段，我是在二里路外的中心小学度过的，因为季节不同，我的求学路也有了大路和小路之分。

春天、夏天、秋天因为田野里有庄稼在生长，我们只能绕过田野走中规中矩的大路。等到了冬季，农人收获完成，田野里一片空旷，我们就可以穿行在田间地头，于是就有了直接连接学校和村庄两点一线的近便小路。

每一条路上都会有美丽的风景，求学路上如此，人生路上亦是如此。而幸运的是，我恰好捕捉到了这些美丽，并因之而丰富了自己的人生。

四季更迭中，无论哪条路线，求学路上我始终乐趣满满。有时候我会想，现在我对自然的热爱或许是因为儿时这些乐趣的启蒙吧。

春

　　春天来了，道路两旁高大挺拔的白杨树慢慢吐露出柔软的绿色。这柔柔软软的绿色，似乎是画师手中最柔柔嫩嫩的色彩，自由自在地在风日里成长着，一日日变得浓烈。

　　树下的土地上，说不清从哪天开始，悄悄铺上了一层细细密密的绿毯。那浅浅的绿色让人总忍不住想靠近，却又不敢触碰，唯恐一个不小心伤害了这柔柔弱弱的嫩芽。

　　这绿毯在春姑娘灵巧双手的编织下总能现出不同的变化。今日这里多了一片金色的蒲公英；明日那里又出现了一丛粉色的田旋花；后天哪里又出现一簇可爱的狗尾巴草，在春日的和煦里随风舞蹈。

　　有时，我会忍不住在这环境优美的上学路上多耽搁些时间，摘上几朵色彩斑斓的小花，再拿一个细小的玻璃瓶，装满水，将这些小花放入玻璃瓶……上课时间到了才终于匆匆赶到教室的我，看到书桌的方寸之间瞬间增添了几分春日的生机，心中是愉悦的。

夏

　　待到夏天，由于白昼变长，下午放学显得尤其早。此时我最喜欢的事情就是一边走在路上，一边看天空云朵的变化。如同课文《火烧云》里讲的情形一般，随着云朵形态的变化，乐趣真是无穷无尽。

　　时至今日，我的脑海中仍保留着一幅美丽的云朵画面：傍晚的天空中，一只粉蓝色的河蚌，张开着的蚌壳中间，是一颗硕大的橘红色的珍珠。

　　当时仰头看到这幅画面时，幼小的我完全被惊呆了，脚步都不由慢了下来。我走走停停，不时抬头望望天空，唯恐那颗美丽的珍珠被风姐姐拿去。

快到家时，我静静地站在池塘边，看着要被层层树影遮挡起来的珍珠，想默默守着天空给我的馈赠，竟久久不愿离开。

年幼的我虽然没有一架照相机可以把画面永久定格，然而那直击心灵的美丽却永远定格在了我的脑海，多年过去，依旧色彩鲜艳。

秋

等到秋天到来，田野里好不热闹。

硕果累累的棉花吐着雪白的笑脸；挺拔的高粱举着火红的旗帜；黄灿灿的玉米开心地挣脱了层层包裹，争相给农人炫耀收获的喜悦。

一时间，秋高气爽的天空下变成一幅浓墨重彩的油画。就连那曾经绿油油的白杨树，此时也换了满树金黄，一阵清爽的秋风经过，落叶纷纷，仿佛只只蝴蝶翩翩起舞。

我和小伙伴们最关心的莫过于那些成熟的瓜果。紫莹莹的葡萄，红彤彤的苹果，金灿灿的梨子，每一天都在向我们展示着它们最开心的笑脸。

若是恰巧遇到果树的主人们在收获采摘，和蔼的叔叔或阿姨总会笑着选几个熟透的果子递给我们，并用温柔的目光鼓励我们接受他们的善意。

现在想来，一定是我们多看果实的那一眼出卖了自己，而叔叔阿姨内心的善良悄悄地呵护了我们那颗年少而敏感的心。

冬

当冬仙子将整个世界银装素裹时，我和小伙伴们在田野间撒欢的日子也开始了。

滚一个大大的雪球，堆一个呆萌萌的雪人，打一场痛快淋漓的雪仗，在一片白茫茫的雪地上打一个滚儿，空旷的田野间，只有我们欢乐的笑声在回响。

明明是最寒冷的时节，我们却会感到内心的热血在周身流淌。

一树树的玉树琼枝在湛蓝的天空下尽情地舒展，展示给我们一个美得特别干净、特别纯粹的画卷。

在这茫茫的世界里，我们奔跑着，似乎漫无边际，又似乎是朝着某种向往，一双双洁白无瑕脚印映衬着我们美好的童年时光。

冬去春来，周而复始，我人生的画卷也在这四季的更迭中铺展开来。

曾经相遇的一切美好，都是人生中不能重复的收获，而童年的这些美好和快乐，在让我亲近自然的同时，也如金子般璀璨着我的人生。

四月春

於学伟

春天真是个令人欢喜的季节。瞧见新发芽的嫩草，嗅到清甜的花香，吹着温软的风，甚至皮肤被一朵阳光吻上，盎然的春意便会在不知不觉间将欢喜浸润在了心间。

周末闲暇，我在阳台看书，许是纸张的翻动惊动了春风，风儿为了一探究竟，便撩起阳台挂着的衣裳来看我，衣衫摆动间，金子似的阳光便如一个顽皮的孩童，在我的手背上躲起猫猫来。望着这团欢脱的闪耀，我心下一动，起身走近窗戸让春阳围抱，暖洋洋的春意融化成细密的幸福与欢喜，浇灌我的每一个毛孔，我似乎听见它们饱啜的欢畅声。

眼下已值四月，春来已久，因琐事繁忙，我竟无意辜负了这大好春光。此番既得春阳撩拨，揣着满怀的欢喜，我当下决定去附近的公园赏一赏春景。

走上大街，头顶倒扣着的一轮金盆正泼洒着纯金，街道两旁绿化树植那嫩绿发油的芽叶，像金片似的在枝头舞蹈，行人、车辆也顶着金粉在悠游。

到了公园门口，浓浓的春意扑面而来。一树树关山樱正开得热烈，如云似霞，庞大的粉红花团让我不禁忧心那瘦细的枝丫是否能撑得住这肆情的烂漫。爱春的游人不少，男女老少皆有，各自和同行人选着关山樱做背景，摆着姿势拍照。

我刚进入大门便被门口的一个大大的红色立体"福"字吸引了。这个"福"字是进行过艺术设计的草书。左边的"示"字旁已然被艺术化成了一个女子的身姿，右边的"田"字也化成了一个坐着的男子，而上面的一点一横连笔画，成了一个孩童的模样。"示"字与"田"字把"孩童"高高地举起，浑然天成地展示出一个幸福家庭嬉闹的场景。我不禁暗自佩服起中华文化的博大精深，以及字体设计者的人文胸怀。

前面是个分叉口，有三条路，分别通往东西北三面。东面的路站着两排关山樱，风一吹，似在朝我摇首欢呼，盛情难却，我便往东走去。

没走多远，前面横拦着一条湖水，湖水上架着一座蜿蜒的木桥。上桥俯视，竟然与人打了个照面，我一愣，随即便被惹笑——没想到水这么清，打照面的正是另一个自己。视线深探，只见水中有数条肥硕的锦鲤正忘我地嬉戏、打闹着，油油的菹草禁不住它们的左碰右撞，也跟着招摇起来。我颇有趣味地望着。虽然热闹是它们的，但我也欢喜着。

走过木桥，迎面是两排雪松，织就了一道的阴凉。阴凉的尽头是一个长廊。长廊入口处有一副对联："飘飘直欲归仙界，款款相携入画廊。"好一个"逸仙廊"！我也想当一回仙，于是大步跨进去，一股淡淡的、流动的紫色香气瞬间淹没了我。是紫藤萝。一串串、一簇簇，自信的、羞怯的，挂满了整个长廊。它们仰起那船帆似的小脑袋，睁着那一点蕊黄色的小眼睛打量着我这个陌生的访客，互相私语着，芬芳也在它们低语时的微动间流动着。眼前是一片紫色，天空也是紫色的了。我不禁想，这就是仙界吧？

我恋恋不舍地挪出"仙界",来到了公园的娱乐中心。世界一下子热闹了起来。放眼望去全是娱乐设施,有摩天轮、过山车、自控飞机,还有花果山漂流、海盗船等,每个设施上都有着不少的游客,吵闹的音乐与游人的喧哗交织着,我不喜热闹,便欲大步离去,继续寻找我想看的春景。忽然一阵大笑吸引了我,我循声望去,是一家三口在玩花果山漂流。一位父亲的小船不知什么原因翻了,那位父亲浑身湿透,一副落汤鸡的模样,惹得母子二人大笑连连,就连同玩此项目的其他家长孩子也都乐不可支。我看着他们欢乐的笑颜,贝齿闪着光,花一样绽放,心想道,这难道不是春景吗?

再往前走,是一片宽阔的草地。草地一片黄,偶有几处探出头的绿意。上面有很多人正在进行着各式各样的活动。

有几个老人趴在草地上,壁虎似的爬行着,似在比赛。一旁站着观望的某个老人,不时地指出某个人不规范的姿势,被指点的人丝毫没有恼的意思,立马修正继续往前爬着,往拥有一个健康体魄的方向爬着。

草地的中央站着两个稚童,还都裹着小棉衣。其中一个外面还套了一个碎花小围裙。他们一会儿蹲下捡些什么,又起身往对方丢着什么,仔细一看原来是在拔草,然后又向对方丢草,然而他们只是空有架势,并没有真的拔到草,自然也没什么好丢的,可他们却乐此不疲,挥舞着小胳膊,以为对方被自己"惩罚"到了。天真与单纯,无忧与无虑,似能传染一般,我竟也跟着乐在其中了。

还有几处有人在放风筝。其中一家的男人正一手抱着孩子,一手握着孩子的手,教孩子放风筝,而男人身边的妇人则攥着风筝盘。一家人都仰着头,笑盈盈地仰望在天空飘游着的风筝。看到这个画面,我脑海不由得浮现出公园大门处的"福"字,是啊,这不就是幸福吗?这不就是春景吗?

此时,我像寻到答案似的满足,全身心快乐着。身旁不知名的鸟雀也像气氛组似的在一旁欢歌。春天啊!这个迷人、令人欢喜的四月春。

送你一朵红玫瑰

李翠连

她在碧玉年华蹚过青春年少，在成长的岁月里，一直有一朵红玫瑰，温暖而热烈地开在心头，它常常在寒冬里带着异常的温暖，鼓舞着她在困苦里逆袭，在荆棘丛中长成一朵百折不挠的铿锵玫瑰。

彼时年少，青春飞扬在校园里，懵懂纯真。他如阳光灿烂般爽朗，她似春花烂漫般明媚；他是美术老师的得意门生，有天赋有功底，但因把精力都放在了画画上，文化课一团糟；她是那一届高中入学成绩最高的，偶然间爱上了画画，得到了老师的肯定和指导，起步晚功底差，可是满腔热情，奋力追赶。

他和她，开始时犹如火山撞地球，他看不惯她外表乖巧却张扬地带领一班女生到处打球比赛和参加文艺表演，更不服她轻而易举便拿下学科好成绩，常常刁难当班长的她；她不屑他空有才华又吊儿郎当的学习态度，两人常常一言不合便火拼，彼此视为眼中钉，没有交集。

高二，美术老师为了锻炼学生，提前一年让几个有潜力的同学跟高三学长一起参加高考的专业美术考试,他和她都在名单内,可是当她回家拿报名费时,家庭的残酷现实将她的梦想击碎,回校后她有好几个晚自习偷偷地哭泣,第一次有了辍学的念头,年少的她心有不甘,却无力抗争。

那个寒冷的冬天,那个圣诞节前的平安夜里,晚自习课他迟到了,从教室后门溜进来,蹭到她身后的座位,他带着寒风进来,却兴奋得满脸通红,往前面一趴,凑到她耳朵边说:"等会儿下自习晚点走,我有话跟你讲!"她不置可否,依然深陷在自己的悲伤里,像一朵蔫了的花骨朵。

自习课下课后,同学们陆续离开,他从书桌下抽出一枝红玫瑰递给她:"圣诞节快乐!"她愣了愣,被吓了一跳,他同时递过来一张贺卡,上面是他自己画的画:一朵鲜艳热烈的红玫瑰,旁边写着一行字:明天总是美好的!

眼前的玫瑰那么耀眼夺目,如同他的眼神亮晶晶的映红了她的脸。她想起了他常常故意的刁难;想起他总是在自习下课跟她最后一个走出教室,往她手里塞个热乎乎的包子;想起他高一时跟欺负她的高三的学长打架;想起他处处刁难却也处处维护着她;想起他俩一起在班务上的默契。她脸红心跳地接过了玫瑰,娇羞得不知所措。

教室外面传来巡查老师的声音,他牵了牵她的手,帮她收拾好书本,让她把玫瑰藏在外套里面,送她回女生宿舍的大门外。校园里寒风凛冽,三三两两的同学擦肩而过,他跟她谈他的梦想,鼓励她一起坚持。她抬头看他,他自信的眼眸照亮了黑夜,在这一刻,她有了坚定的力量。

宿舍里早有人收到了情报,大家哗啦一下子全围过来,七嘴八舌地起哄要她请客,室友都是同班同学,他人缘好,大家早已心照不宣,只有她蒙在鼓里。同学们递上一张集体签名的卡片,上写:"永不放弃,加油!"她心里感动,眼泪夺眶而出。她把玫瑰插在空墨水瓶里,在宿舍

109

昏暗的灯光里，玫瑰光彩夺目，鲜红艳丽。那个冬夜里，她看着枕边的玫瑰，鲜艳的火一样的红色充满了力量，淡淡的花香悠然入腑，她无眠到深夜，爬起来趴在窗边，只见漫天繁星闪烁，如同他带着笑意的眼睛，如此美好，一时间她心清神明，对未来充满了希望。

她后来才知道，那朵红玫瑰是他妈妈种的，他偷偷剪了唯一的一朵，第二天回家被妈妈拿着鸡毛掸子追到了街上。

她后来才知道，他从一开始喜欢她，在班上跟她对立只是为了跟她有交集；她后来才知道，他为了维护她向美术老师写下保证书，他为了保护她跟校长抗争过，他为了她承担和抵挡了很多风雨，她却一直在风平浪静里安心地学习和画画。

他性格刚强，目标简单明确，对美术有着执着的追求。他在她面前温暖沉稳，不露声色却凡事护她周全。她贫血，学校伙食不好，他常去校外带了外卖给她加菜；她怕冷，他常常在晚自习里把他的手套偷偷塞给她……

青春萌动的情愫如此纯真美好，然而学习紧张，校规森严，欢喜自是放在心间，转身又投入了紧张的高中生活中。他利用课余时间给她加强画画基础，她晚自习给他补功课；周末和假期背着画夹跟老师和同学一起去写生，他们默契地筑起共同的梦想，一起考美院，一起飞往梦想的大学。

有时周末，他和她一前一后地骑自行车出校门，他总在某个街角等着她，然后跟她并肩同行，一路说笑到县城，在中山路那家糖水店吃五毛钱一碗的冰镇绿豆沙，简单而甜蜜。

再美好纯真的梦想，都敌不过岁月变迁和现实的残酷。那个年代，山村里每个家庭都贫困而脆弱，她逃不过现实，终究梦想破碎，选择了结束学业远离家乡。她深知从此漫漫人生路已经不同，曾经有过的共同的梦想和追求不再属于两个人，她不能再跟上他的脚步一起筑梦，毕业后，她给他留了一封信，鼓励他继续学业坚持理想，从此一去不回头。

　　岁月如北上的列车，载着她呼啸而去，一别经年，打马难追。前尘往事没有回首，伤痛也早已经成为过去，曾经的梦想被碾压得支离破碎，唯有那段青葱岁月留下了不可磨灭的印记。

　　一直到现在，每每在最艰苦、最伤心难过的时刻，她都会给自己买一枝红玫瑰，坐在窗前，在淡淡的幽香里看着天空发呆，满天星辰总会带给她希望，她寻找着大熊星座，喃喃低语却坚定地说："明天总是美好的！"

　　正是这句话让她每一次都振作起来，从容地走过一路荆棘，在心里长出一朵有力量的红玫瑰。那些青春岁月里的人和事，那些美好情怀，一直温暖着她。

　　夜深人静的时候，她习惯地甩甩头告诉自己："明天总是美好的！"然后一觉睡去，第二天又是一朵生机勃勃精神抖擞的红玫瑰。

素心如简

―荷―

夜未央，倚窗而立。小城上空烟雨迷蒙，仿佛浸在牛乳中，空气中氤氲着玉兰花的清香。雨夜听雨，享受寂寞，也享受一份清静和安宁。在雨中，慢慢地领悟生命的本真，聆听来自内心的声音。

坐在书桌前，铺纸研墨。每晚夜静之时，便要和书画相拥。执一支素笔，邀一轮明月。一提一按，笔墨在宣纸上晕染出一朵莲。换一支笔，蘸着胭脂色，两条小鱼便欢快地游来游去。题款、签名、盖章。一幅团扇作品，在明月的陪伴下，暗香隽永。

仿佛从宋词中走来，"误入藕花深处，沉醉不知归处。"

一个偶然的机会，走近了绘画。

我喜欢舞蹈，对民族舞情有独钟。练舞课间休息时，被二楼一幅幅山水作品深深吸引，那种欢喜如同在心中植入一池莲，不肯离去。喜爱山水画的素简和质朴，可以久久地藏进安静的山水中，找回内心的平静与安详。

黄公望的《富春山居图》，清新淡雅，意境幽远，似江南的小桥流水人家。范宽的《溪山行旅图》，巍峨高耸，壮气夺人。

一幅《云雨图》入了眼，整幅作品是黑白水墨山水。在高耸入云的山峰之间，有一棵浓淡相间的粉色树。画面清逸灵动，雨后烟雾曼妙，最是那一棵粉树，点燃了心灯。

即刻决定学山水画，做一个"闲"人。在纸上游走，落笔成风，成云，成水。一生在宣纸上去看、去听、去爱。多年之后回想起，心中满是春，万般皆美。

人的一生终要和自己的平凡和解，做一些无用之事。独处，即是清欢也是享受：可以天马行空听曲静坐，可以闲敲棋子落花灯，亦可在宣纸上随意涂抹，抒发心中的月光白。

我天性不擅长交际，朋友不多，即使和朋友们在一起，也只听不说。清高孤傲是我内心的秘密，从不与外人道。学画刚好符合我的气质，闲暇之余人静如墨，心淡如兰。在一黑一白间，看到了柳丝荡绿，一个踏花人迟迟晚归，坐在山间林下，看清泉石上流，竹喧归浣女。在笔墨的线条里，云闲游，鹄浮水中。

只是学画太难。用水墨来画画，一不小心墨就会洇了。最难的是墨分五色，想要驾驭好墨色，需要时间的沉淀。几次想要放弃，朋友耐心地鼓励我。每当画不好，朋友会说笔不好，有一次居然说是墨不好。笑声唤醒了笔墨，我开始一点点进入状态。不知谁说过："世上只有一种成功，就是用你喜欢的方式度过一生。只遵从内心真实的感受，欣然向前。"

我不求什么成功，只想用自己喜欢的方式生活。喜临黄公望的《富春山居图》，整幅画面用墨淡雅，山与水的布置疏密得当，墨色浓淡干湿，极富变化。黄公望历经四年踏遍富春江两岸，背着画卷带着干粮一路前行。渔舟唱晚，樵夫晚归，山林寂静，流水无痕，都变成了他人生的注脚。他一生命运坎坷多变,终在此作品中找到了幸福。在 84 岁时,被后世称为中国十大传世名画之一的《富春山居图》全部完稿。

清朝乾隆皇帝酷爱《富春山居图》,自从得到这幅画,几乎大部分时间都在欣赏此画。

清代收藏家吴洪裕对此画珍爱至极,临死之际要烧《富春山居图》给自己殉葬。就在国宝即将付之一炬的危急时刻,被吴洪裕的侄子抢了出来……

学业结束,临摹了《富春山居图》的局部参展。低矮的土坡上,有三棵树错落有致,高低不同地生长着。土坡上有一间茅草房,可以看到房中坐着两人,手执香茗赏雨听蝉。周边是一汪湖水,湖中隐约一小舟,一排大雁从天而过。近处的山被云烟弥漫,茂密的林间有一座古寺。远山用淡墨几笔带过,若有若无。

此中有真意,欲辩已忘言。

除了学习山水,又学了写意、工笔和没骨。但最爱还是素简的山水,用五色的笔墨语言,传递着情感。

读倪瓒的作品,浮现出"孤舟蓑笠翁,独钓寒江雪"的枯寒静默。临石涛的画,带我"采菊东篱下,悠然见南山"。

这些"闲"事,颐养我多年。即使是一棵小草,也能在心中开出一朵花。窗外的雨依旧滴滴答答下着,风渐小,夜幽静。

周国平老师说:"人生最好的境界,是丰富的安静,能够做到丰富又安静是大智慧。"安静不是静止,不是封闭。而且在安静之中,生命越来越精神化,越来越丰富,越来越有趣。那就做一个安静之人吧,在一笔一画、一黑一白间,书写平淡人生!

桃花山里桃花仙

鸿雁

喜欢清幽的大山，云雾缭绕，山生烟岚；泉响溪石，轰鸣山涧。可与莺同歌，与燕同舞，与梅同瘦，与柳同眠。于是，经常会去山里边走一走，看花影随阳光移动脚步，听溪流踏歌流淌前行。

某一日，我像武陵溪里的捕鱼人，误入了一座山，推开了一道门，闯进了桃花源，做了一回桃花仙。

内裹淡粉华衣，外罩白纱披袍，任清风引路，云朵摇船。清风把我从云朵上摇落，轻飘飘，绵软软，落在山谷、山坡和山巅。

我是来凡间小住的桃花仙，我是这野旷天低里最大的官。我给绵延十万里的大山起好了名字，叫它桃花山。桃花山里的桃花归我放养，清风明月听我调遣。我给花啊、草啊、鸟雀和虫子都安排了好角色，只要我一声令下，它们都各就各位，在露水里，在草芽间，在漫山遍野的桃枝上，一一落座。我们铆足了劲，在夜晚里放歌。

我挥一挥水袖，撒桃花万点，目之所及的原野，染满桃夭。霎时，那漫山遍野的粉啊，轻叠数重山峦，高低起伏，连绵不断，重峦叠嶂，芳菲尽染。

有粉嫩嫩的花影跳进我的眼，染上我的颊，拉扯着我的眉毛和嘴角——眉毛轻挑，嘴角上翘。满怀欢喜，喜上眉梢，我把轻盈盈的桃花打扮成明媚又素雅的女子，在峰回路转的山石旁，在一条条纵横的小路上，满山黑黢黢的桃花枝把旖旎的粉红绽放。

我登上桃花山的顶峰，邀明月到这朵花上小住，连绵的山峰和沟壑成了我的传令官。绵延的回声，穿透云层，飘荡天空，在深深的山谷里回旋。我走到谷底，请流云去那朵花里安家，溪水会唱着欢快的歌，越过溪石，把躲在老树枝上睡觉的云朵染上桃花般的红霞。

我会偷听月下的花朵耳语，会让清脆的鸟鸣衔来远山的绿，给朵朵桃花作嫁衣。夜虫在树下拉着长音，是蛐蛐儿，是春蝉，是草丛里没有长出翅膀的小虫，应和远山里的布谷鸟，唱着婉转的歌谣。

我会给连绵起伏的桃花山围成一个圈，给漫山遍野的桃花树扎一个竹篱笆，篱笆望不到头，也没有边。我会给篱笆上拴满风铃，命令风铃给桃林做护卫，路过一个小甲虫，也会响起满山叮咚声。

我会在月下燃起一炉香，让袅袅的烟向天上飞。烟雾一缕缕，乘坐白云船，在月亮的光环里染上淡黄。我会盘腿坐在一块高耸的山石上，薄施粉黛，头插凤钗，一缕青丝垂胸前，红绯双颊染。我会将古琴置双膝，弹一曲静水流深。琴音淙淙如清风流泉，声声入耳如鸟鸣溪涧，沁入心田。

我倾泻及地的长裙，随风舞动。有风吹来，枝头上的花瓣争抢着往下落，落上我线条优美的颈项和清晰可见的锁骨。像一只只粉红的精灵，在我的肩头妖娆。我转头细嗅，一股清香涤荡肺腑。

有月光倾泻的夜晚，我会手提竹篮，在浸染粉红色的山野慢慢走，捡拾飘落满山的桃花瓣。我会把这闲闲的花瓣，加入啁啁啾啾的鸟鸣，加入四野流淌的清风，和着晨光里的露水酿一罐桃花醉，深埋在桃花树下，等你，等山风。你是山门外的赶路人，山风会引你入桃林。你若来，我会捧出两只青花盏，倒上桃花醉，一起在月下举杯，把酒言欢……

外婆的聚宝盆

王玉娟

那只是一串葡萄，外婆却舍不得吃，专门为我留着。

见我来了，她把储物柜打开，两手捧出一串用保鲜膜包裹着的葡萄，打了盆水，慢慢揭开保鲜膜。将葡萄反复清洗干净了，才放心递给我。看着这一颗颗鲜嫩水灵的葡萄，我很是好奇地问外婆，这岁暮天寒之际，从哪里弄的这么多汁味甜的葡萄，外婆便说她得了一个"聚宝盆"……

自从知道了外婆有个聚宝盆，我就三天两头地往外婆家跑。外婆更是乐开了花，总是给我变来各种各样好吃的，有时也变着花样做一桌子我爱吃的饭菜。有一回我想吃螃蟹了，就自己画了一只菊香蟹肥的大螃蟹带过来，缠着外婆用她的聚宝盆给我变只大螃蟹，这可把外婆给难住了。一辈子没出过远门的外婆，哪里见过螃蟹呢？外婆为了不让我失望，就告诉我，聚宝盆只认她这个主人的画儿，不过螃蟹可不好画，让我再等上几天，待她把螃蟹画好了才行。看来这回吃不成螃蟹了，我打起聚宝盆的主意，便再次央求外婆让我看看她的聚宝盆，外婆一改慈祥状，认真地对我说，聚宝盆是不能轻易外露的，除了它的主人之外，任何一个人只要见了它，之后可就不灵了。为了能以后继续吃上好吃的，我只好作罢，耐心地等待着吃上螃蟹的那一天。

等我再次去外婆家，还没进门就闻见了香喷喷的饭菜味。我飞快地跑进屋去，饭桌上已经摆得满满当当了，有外婆的拿手菜——红烧鲤鱼，还有我心心念念的"大螃蟹"。刚出锅的大螃蟹两面金黄，不待入口，便觉得香味浓烈了。外婆对我说，聚宝盆的系统升级了，这是被改良的螃蟹，免去了剥壳的麻烦，咬上一口，既酥又脆，层层剥落，满口留香。还没等外婆说完，我就迫不及待地咬了一口，竟然吃出了烧饼的味道，但又不同于普通的烧饼，它的外层酥脆，内馅滋润鲜香，嚼之异香可口，味道丝毫不亚于那鲜肥的大螃蟹，让我一时忘了要真正的大螃蟹，大快朵颐地享受着外婆为我准备的"海鲜大餐"。

外婆的聚宝盆，除了能变些好吃的之外，有时也有漂亮的衣服、零花钱、崭新的书本。其实，我很早就知道了外婆根本没有聚宝盆。母亲告诉我，外婆每次给我变出来的好东西，都是她特意留给我的。我向外婆要的大螃蟹，外婆实在买不着，打听到村里有个外乡人会做蟹黄壳烧饼，专门过去学做的。外婆的聚宝盆，是她在我纯真的童年时光里专门为我编织的美好和向往。

长大后的我每次去看外婆，总会大包小包地给她带些东西，同时还不忘向她索要礼物，为的是每次都能看到精神抖擞的外婆为我们张罗饭菜。外婆时不时还会讲起她的聚宝盆，我们做晚辈的都心知肚明，那是她盼着我们念着我们的一种爱的寄托。外婆因为给予而快乐，因为被需要而幸福。

119

我的文学之路

黄锦飞

对于文学的热爱始于中学时代，那时喜欢阅读文学书籍，喜欢用文字表达自己。作文和周记总是写得格外用心，也常收获来自语文老师的精妙点评，有时老师的评语就是一首精美且励志的小诗。这样的赞赏让我欢喜，让我心生敬佩，以至于后来我萌生了成为一名中学语文教师的梦想。因此大学选择专业，我毫不犹豫选择了汉语言文学。

在大学，我加入了文学社，在文学社里看到学长学姐们的文字发表在报刊上，我既羡慕又佩服，我也梦想着自己的文字变成铅字。于是我经常练笔，把记录生活的文字发在QQ空间，这些文字得到许多人的点赞和评论，这给予了我很大鼓励。

我坚持写，并尝试投稿。天道酬勤，功夫不负有心人，终于我的文章也有幸刊登在了文学社的报纸上。大学那时每周都有文学社的社员把报纸分发到各个宿舍，宿舍里读报的人并不多，几乎每次都是我第一时间去取这些报纸。在一次读报时，我惊喜地发现我的文章赫然在列，我的名字变成了铅字，我禁不住欣喜若狂，激动不已。这篇文章的发表大大增强了我的自信心，也促使我更坚定地去写文字。由于对文学的痴迷，我被舍友戏称"文艺青年"。

大学毕业，我如愿成为一名高中语文教师。教学之余，我也常常执笔写意，记录生活，分享美好，抒发情感，阐述感悟。我的这些文字以及我为学校做的一些活动宣传美篇，常常收获无数好评，这些赞扬让我倍感温暖、感动、振奋。

2019年春，在一个欣赏我文字的学生家长的引荐下，我得以认识藤县作家协会的副主席甘丽云老师。云姐热情地与我交流，经常在朋友圈点赞我的文章，并鼓励我投稿。在云姐的鼓励下，我于4月10日向《梧州日报》投了一篇文章《我对木棉，情有独钟》。因为是第一次向市级报刊投稿，所以我并不抱太大希望，投稿后也就渐渐淡忘了此事。半个月后的4月26日，是振奋人心的美好日子，我的那篇文章在《鸳鸯江》副刊发表了！我又惊又喜，激动不已。云姐、李秋芳老师以及卢瑞昌老师纷纷发来报纸截图向我道喜，云姐还截图了藤县作协采风群里大家对我的讨论以及道贺的信息。卢瑞昌、卢颖莹、李伟明等老师纷纷推荐邀请我加入藤县作协。后来在云姐的正式推荐下，我向县作协递交了入会申请书，县作协领导同意了我的申请，我于2019年6月2日光荣加入了藤县作家协会。加入作协后，隔三岔五就看到文友们发表作品，令我佩服和羡慕，这极大地鼓动我进行文学创作。我从此减少休闲娱乐的时间，业余时间基本都用在了读书写作上。

2019年的下半年，我在《梧州日报》发表了4篇文章；在藤县诗词学会主办的刊物《诗乡十年》上发表了5首小诗。这些成绩让我对写作充满了信心和向往。2020年5月，我荣幸地加入了梧州市作家协会，结识了更多的文友，得到了更多的学习机会，我的创作热情被进一步激发。这一年我坚持笔耕，在《梧州日报》《广西工运》《广西工人报》《紫藤》

《魁星楼》等报刊发表文章 20 余篇，并有作品在"广西文联网""梧州市文联"等平台上转载。

  时光浩浩荡荡地从季节深处流逝，然而我并不慌，因为写作抵挡了岁月寒凉，让岁月不荒凉，让我不断成长，使我的内心得到安详。写作亦如品茶，能使我静心。读书写作，俨然是我生活的一部分。我在文字的世界里见天地、见自我、见众生，用文字温润生命，充实自己的生活。未来，我将坚持笔耕，不断提高自己的写作水平，用自己的文字给他人带来温暖与美好，不断追寻自己心中的那份文学梦！

相出来的爱情

云梦汪娇

（一）

相遇的时间定格在 2014 年 11 月 15 日。

25 岁的她是个素淡平凡的女子，除了喜欢看张爱玲的小说、绣十字绣，好像没有特别的爱好。作为大学生村官的她，每天跟农民打交道。处在青春期的年纪，不曾有过热恋，总感觉自己好老了，老得快没人要了。眼看年关将近，她又面对被七大姑八大姨催婚的恐怖时刻了。抱着敷衍的态度，她报名参加了县上"首届青年人才相亲大会"。

当相亲会拉下帷幕，她准备离开的时候，一个高大帅气的男孩找到她，对她说已经观察她一天了。他在姻缘墙上看到她登记的相片很特别，甜美清纯；爱情宣言写得有思想，他就一直在现场寻找这位女子，后来在后勤人员里一眼就看到穿红色义工服的她。当他请求希望可以留个联系方式交流一下的时候，她微笑着说："姻缘墙上有资料，自己看。"

闺中密友悄悄地问她:"你真打算和比你小的男生试着交往?"她目光恍惚,淡然回答:"以后不过是搭伙过日子,嫁谁都是嫁,婚姻有时候和爱情无关。"闺密将杯中的茶水一饮而尽,伏在她耳边说:"相信爱情,它存在的,祝福你!"这话不过是好友的疼惜,相信爱情?这世间真有爱情吗?她的嘴角闪过一抹苍凉的微笑。

他是家中独子,可是不管下雨下雪,她家里地里挖大蒜,他都会跑去帮忙,挖大蒜、捆大蒜,这些他从来没做过的,他都很乐意跑去帮忙,不让她插手,好像他要用这种方式去呵护她,去珍爱她。

她的抵抗力差,一次她突然发烧咳嗽,到医院住院,他守在她身边,一遍遍地为她敷凉毛巾,一次次地端水喂药,彻夜未眠。次日她的烧还未退,他红着眼睛说:"娇女,要是我能替你生病就好了!""病哪有替的呀?"她笑他傻,泪却落到枕头上。这句话里,她听出了他的关心,他的真心。

她休息的时候,随他一起跟车。看到他每天的工作就是从A地拉砖、B地拉沙、C地拉石头到D地的建筑工地上去。她无法想象一个90后男孩,在工人们都忙的时候,自己卸一车砖——5000块砖,需要怎样的毅力!手上磨起的血泡破了,继续坚持着下砖,一车砖下完开车时,手握变速器换挡,咬着牙,别人看着都生疼生疼的。能在这样的环境里,灰头土脸起早贪黑工作三年,她问他是什么支撑着自己一直坚持。他回答:"一种责任。一个男人最起码不能让自己的家人操心受累,父母把我们养大不容易。"

那天,他开车送砖到工地上,车子的挡风玻璃被来工地闹事的小混混打破了,他的脸上也被划伤了,她赶到急诊室里,看到满脸是血的他,她扑上前紧紧抱住他发抖的身体,努力镇定情绪安慰他说:"没事的,我来了,你不要怕。"医生告诉她,只是皮外伤,住几天院就好了,但她还是执意每天给他熬骨头汤送去。那天,她正熬着汤:"假如哪天她失去他了"这个念头在她脑中电光石火般闪了一下,登时她已经哭得泣不成声了,她这才知道他已经在自己的心里扎根很深很深了。

出院后她问他,当初为什么会注意到她,他说,一个90后女孩,是党员,又是大学生村官,还到处做义工,看望帮助贫困老人,足以说明她是一个勤劳善良的人,这样的人值得他一辈子去珍惜。

(二)

结婚的日子定格在2015年11月15日。

他和她相处一年后,在亲朋好友的见证和祝福下结婚了。

其实从刚开始,他并不被女方亲友看好:她是大学生村官,他是渣土车司机,双方之间有差距;他彩礼钱都拿不出来,结婚也没有新房,两人要在农村老房子里和他的父母一起居住;结婚用的家用电器都是今天结账三千元买电视、过几天结账五千元买沙发这样一样一样凑起来的。亲友们感觉90后结婚没有这么寒酸的。然而,女孩母亲说服了大家,他们还年轻,只要他们勤奋努力,脚踏实地做事,相信他们会过得幸福的。

结婚后两人手头谈不上充裕,甚至还有外债要还,但一起奋斗的日子是快乐祥和的。半年后他们打算做孕前检查,公公感冒几天一直没好,她让公公一起去医院做个检查,只是没想到公公的检查报告出来后医生怀疑是肺癌。那一夜他们无眠,没想过这样的事情会发生在他们身上,公公才53岁呀!第二天一大早,他们又去权威医院复查,检查结果显示"小细胞肺癌",再做穿刺检查,确定是恶性肿瘤,并且已经是中晚期了,医生建议住院做化疗。

她的公公表示不愿做化疗,说做了化疗放疗就是废人了,什么事都做不了,还会成为孩子们的负担,自己宁愿死也不做化疗。她向医生了解病情后耐心地解释、劝说公公,并说治疗费用他们来筹,最终说服公公配合医生治疗。就这样一家人顶着巨大的压力，四处筹钱，医院、家里两地奔波，化疗、放疗……好在经过一家人的同心协力，一年后公公的癌细胞消失了。此后的几年定期复查，公公身体状况良好，癌细胞完全消失，连主治医生都惊呼是个奇迹。一家人欢欣鼓舞其乐融融，对未来充满信心。

爸爸病中，他曾悄悄地问她："姐姐说你刚来我们家爸爸就出现这种情况，我们手上又没积蓄，这个病还是无底洞，娇女会不会离开这个家呀？"但她拉着他的手说："我们是一家人，爸妈以前那么苦都不离不弃并肩走过了30年。我们还年轻，钱没了可以再赚，欠的债我们还可以再还。爸爸只有一个，只要能让爸爸活久点，苦和累也是一种幸福。"

现在他们一起风风雨雨走过了六年，她理解他工作环境的辛苦和责任担当，他体谅她的善良和努力；他教会了她开小汽车和渣土车，并考取了驾照，也鼓励她有志者事竟成；她告诉他多抽时间好好学习提升自己，他不仅考取了大专毕业证，还光荣地加入了中国共产党。不知不觉中他们的儿子也上幼儿园了，他们相互鼓励共同努力把外债都还清了，家里还添置了小轿车和一辆新的渣土车。

现在回想起来，当初她只不过是抱着"嫁谁都是嫁"的灰冷心态跟他试着交往，没想到琴瑟和鸣，更没奢求相惜相知，承蒙老天厚爱，竟然让她碰到了一生最爱。

这相出来的爱情，他们定会加倍珍惜。

雪中梅，寻香而落

—荷—

冬是被美丽的雪花衔来的。没有雪的冬天，少了些许浪漫。昨天有朋友发来挪威的雪城，我心生羡慕，期盼着小城也能飘一场雪，好让我温一壶茗香，吟诵"晚来天欲雪，能饮一杯无"。

依稀记得20年前，小城迎来了有史以来的一场大雪。落雪之晨，我依窗而坐，静观雪景。天与地上下一白，分不清哪是天，哪是地。就在这时，电话响了："快下来，带你去拍照，记得穿上红大衣。"拍照、红大衣，真是不错的提议，迅速穿衣描眉画红，下楼。

雪还在下，街上行人稀少。这样的大雪时节谁会出来呢？我们来到了公园，地上无一个脚印，雪白的地毯让人舍不得踩踏，就静静立着，听雪花飘落的声音。雪与我们相伴，融化进清盈的世界。无孤寂之感，倒是平添了些许欢愉。悄悄地，我们谁也不言，生怕破坏了这宁静，只需这样久久环视甚好。

在这雪的世界里，似乎少了点什么，是什么呢？我们异口同声地说：

"有梅无雪不精神,有雪无诗俗了人。"环顾四周,可惜无梅。

外公九十大寿,我们回到故乡浙江诸暨。

南方的冬是温情的。即使是有雪的日子,也是小桥、流水、人家。雪野中有血红的山茶,白中隐青的单瓣梅花,深黄的蜡梅,雪下面还有冷绿的杂草。

我喜欢冬季的故乡,一切都是欣欣然的样子。吃着梅菜扣肉饼、西施豆腐,还有小姨拿手的青粿和白粿。听着外婆讲了她多遍的故事,这温温柔柔的江南冬让我依恋。

外公生日的那天,没有约定,不曾相邀。就在冬夜,大雪轻歌曼舞,端庄优雅地从天而降。第二天清晨起床,我欣喜若狂,穿衣戴帽,立刻奔出家门,去找寻我心心念念的念!

走过小桥,穿过弄堂,但不曾寻到。怎么会没有?一定会有的!前世约定,我为寒梅,你为雪。雪中梅,定会寻香而落。

就在老宅的侧门,不经意间,突然一个红点若影若现。我缓慢前行,定眼望去,是我的心念!"墙角数枝梅,凌寒独自开"甜甜淡淡的味道沁人心脾,微笑着招呼我。可我昨天经过,她并未盛开。

"梅须逊雪三分白,雪却输梅一段香。"

梅与雪,天公之作。墙隅之处,梅独开,雪伴她悄然落下。雪配梅,不离不弃,即使淡然消无,也定会在下一个冬季寻香而落。

前世的五百次回眸,才换来今生的相依相伴。缘分注定的两个人,兜兜转转,无论迟了多少年,都会在一起。无论何时,也总有那么一个人隔着千山万水,在等着你。总有一人愿和你执手,共剪西窗烛。

一切过往都在雪中云淡风轻,听一曲《三生石上》,任窗外雪花敲窗。我是信前因的,我相信今生的所有相逢都是因了前世的约定,注定今生还会相见。

铺开一张宣纸,研墨,执笔……

梅雪同舞,刹那芳华!

寻觅烟火气里的诗意和远方

彭琼

每年的国庆长假我都会选择宅家，远离塞车，远离景点看人头，然后挑出两天时间，寻一处僻静之地，约三五好友，开启露营模式。

去年国庆，朋友前期"勘察"后，最终确定了露营地，离市区不远，我们驱车一小时左右便到了。这里毗邻洞庭湖，登上河堤，视野瞬间开阔，平坦的河堤蜿蜒向西，一直延伸至远处。目之所及，苍翠的树林与大片的草地在你眼前铺展开来。河堤不远处有一处闸口，一条内河自闸口向南通往洞庭湖。远远望去，内河两旁有不少垂钓者，有些在旁边的草地上铺了野营垫，几个孩子正坐在垫子上嬉闹。闸口旁有一个大大的垃圾池，这让我很欣慰。每次户外看到有人离开却留下垃圾，我都觉得特别刺眼，享受了美好，却又破坏了美好！闸口附近停了不少车，大约都是来这游玩的。站在河堤上，微风拂面，望着满眼的绿，只觉得这真是一个好地方，但愿每一个来此游玩的人都能守护这里的美好！

带着露营工具、食材等，从河堤下来，脚下的路有些坑坑洼洼，走出六七百米，选了一处平坦处，搭建帐篷、铺野营垫、摆各类食物，快乐的露营开始了。

王哥是敬的老公，爱好钓鱼，经常户外野营，生火的任务就交给他。大家捡来枯树枝，他架好烧烤架，非常专业地动起手来。只见他用打火机点燃一丛枯树叶，"噌"的一下，树叶开始噼噼啪啪作响，紧接着将几段枯树枝搭在燃烧的树叶四周，并放入准备好的木炭。一会儿工夫，一堆熊熊燃烧的火便在烧烤炉中跳跃，待火势减弱，木炭也已基本点燃。后续烧烤食物便交给了另几个男人。王哥生好火，便拿上他心爱的钓竿去河边钓鱼。今晚是王哥的第一次夜钓。我一直钦佩那些喜欢钓鱼的人，一根钓竿，一汪水，一整天，独坐岸边，风吹雨晒，蚊虫叮咬都不为所动，夜钓就更不可思议了！

小朋友们则四散跑开到处撒野。他们一会儿在草地上追逐打滚，一会儿在搭好的秋千架上嬉闹，一会儿去观望王伯伯垂钓，一个个快乐得像放出笼子的鸟儿似的！

我们这些爱臭美的女人们则来到洞庭湖边准备各种摆拍。黄昏下波光粼粼的洞庭湖，安详静逸。晚风习习，一轮红日渐渐西沉，远处一艘轮船正缓缓驶来，打破了一时的宁静。轮船驶过，洞庭湖又恢复了刚才的平静。我们相互打趣着，摆出各种或优雅或搞笑的造型。趁夕阳正好，留下一张张美美的剪影，让时光定格！

"晚餐时间到了！"接到电话，女人们开始往回走。隔老远便闻到一股浓浓的烤肉味，男人们正将食物一一摆放到野餐垫中的矮桌上。嘴馋的孩子们已经吃上了，每人手上一串烤肠正狼吞虎咽地吃着。矮桌上金灿灿的玉米棒、外焦里糯的土豆、嫩滑多汁的烤翅、散发着孜然香味的牛肉片看得我直流口水。摆好食物，我们围桌而坐，每人一罐啤酒，开吃啦！暮色中，啤酒罐在手中碰撞，欢笑声在空中回荡。炭火的味道夹杂着食物的香味，伴着草木清新的气味弥漫在周围，只觉得一股满足从我心底荡漾开来！真好！这便是烟火气里的诗意和远方吧！

夜色越来越浓，一轮圆月已爬上树梢，深蓝色的天幕布满了星星，远处一片漆黑，偶有几只萤火虫在黑暗处飞上飞下。时间尚早，我们带着孩子们借着手机灯光爬上大堤散步。此时的大堤笼罩在漆黑中，唯有闸口处的路灯，在渐渐上升的薄雾里散发出淡淡的光。离闸口越远，我们看到了越多的萤火虫。孩子们都非常兴奋，追着萤火虫跑。我问孩子们："为什么我们在城里很少看见萤火虫呢？"孩子们想了想，不解地望着我。"你看那只萤火虫是在光亮处飞还是黑暗处飞？""我知道了，城里灯光太亮了！"一个男孩抢答道。聪明的孩子！我忽然觉得，当夜晚城市的天空被灯光照射得越来越亮，夜景越来越绚丽，我们的精神世界却越来越苍白；当城市的烦嚣将不安的躯壳塞得越来越满，欲望长了翅膀，我们的灵魂却越来越沉重。

从大堤上回来，女人们或坐或躺在野营垫上闲聊，男人们开始轮流给孩子们讲鬼故事，故弄玄虚的讲述让孩子们听了一惊一乍，欢笑不断。不知是酒精的作用，还是这夜色醉人，我躺在野营垫上，身旁坐着好友，耳边是男人和孩子的欢笑，望着满天星光，听着虫鸣，我有些恍惚，只觉得一切不那么真实，一切又是那么美好！

国庆的黄金假期，去寻觅烟火气里的诗意和远方吧！

一个爱做梦的女孩

爱小爱

我是一个爱做梦的女孩,我总爱望着蓝蓝的天发着呆,做着各种"白日梦"。在梦里,一切都是那样完美、轻松、愉悦,我常常梦着梦着,嘴角就忍不住露出浅浅的笑。

许多年来,一幅画面常常出现在我的脑海:那是在一个有聚光灯的舞台,四周漆黑,中央有一束明亮的光从顶上洒下来,一位舞者正踮着脚尖在舞台中央不停地旋转、旋转……我被这个画面深深地迷住和打动,它好像在告诉我,每个人都应该努力地站在舞台中央,每个人都应该成为人生的主角。它默默为我种下一个"梦",一个在舞台上闪耀的梦,一个勇当人生主角的梦。

现实里,我患有先天性脑瘫,别说脚步轻盈地跳跃,就连最平常的走路,都是件特别吃力的事。我整天拖着沉重的步伐,跟跟跄跄、趺趺撞撞,胳膊肘、膝盖常常摔得血肉模糊,旧痂还没结好,又蹭出新伤。生活中大大小小的事,都比常人多了几倍的艰难与烦恼。但相比身体的疼痛，最难熬的是内心的孤独与委屈。看着别的小孩在操场上肆意奔跑，那潇洒的姿态、爽朗的笑声，让我羡慕不已，心中有种说不出的滋味。所以我常常像个蜗牛一样，把自己蜷在壳里，小心翼翼地藏着所有的心思，也藏起所有的梦。

身边总有人劝我父母："生活都不能自理，还念什么书？别让念了，念了又能怎样？好好在家待着，以后找个老实人一嫁，有人伺候了，你们也就放心了。"这话听着体贴，可我的眼泪瞬间就止不住地往下淌。那时我才五六岁，不懂什么大道理，但就是觉得很委屈，好像我的人生还没开始就被放弃了。

不。梦想是很遥远，可谁的梦不远呢？我是和别人不太一样，但我们又如此相同，他们能做到的，我也能做到，甚至可以做得更好，凭什么放弃？生活的确会更困难一些，但那只是一些困难罢了，既然是困难，就总能被克服，相比获得自己想要的人生，吃点苦又算得了什么呢？

2011年大学毕业后，我没有选择相对安逸的工作，而是怀着一颗梦想的种子，选择了最具挑战的"北漂"。在那个两千多万人口的城市，我不认识一个人。"你不怕迷路吗？不怕遇见坏人？遇到困难孤立无援怎么办？你可一直生活在象牙塔……"说实话，我也有过担忧，但没有犹豫过，我知道前路可能面临许多挑战，但我还是选择相信自己，放手一搏。走在热闹的街头，有时感觉自己很渺小，很孤独；但又常常觉得很兴奋，很放松，看着人头攒动，我知道我们都是追梦人，追梦的路上我并不孤单。

尤记得在那个狂风肆虐的季节，为了突破业绩，我走出写字楼去拜访客户。风呼呼地刮着，像张开的帆，拼命裹挟着我，把我吹得东倒西歪，进退两难。有时车从身边疾驰而过，避闪不及，吓得我心都要出来，好不容易凑到树桩旁了，赶紧团团抱住，人安全了，心里发酸，眼里忍不住落下一行泪。可我一把擦掉眼泪，毫不犹豫地加快脚步，继续顶风前行。那段日子有艰难，有心酸，更有许多满足与骄傲，让我对未来充满了希望；那段日子让我明白，没有我做不到的，没有什么能阻止我前进的脚步，只要努力，任何梦想都能实现。

这些年来，不管条件多么艰难，我都坚持读书，坚持努力，用奋斗这把利剑披荆斩棘，硬生生为自己拼出一条路来。我获得过三好学生、十佳青年、优秀公务员等各种称号，参加过职业规划大赛，拿过无数次演讲比赛的冠军……我终于站在了舞台中央，许多人给我竖起过大拇指，我听到过许多掌声和赞叹声，在任何平台我总表现优异。回头看，感觉像做了一场梦，我把别人眼里一个个的不可能都变为了现实。

其实谈及做梦，身边总有一种声音：不要做白日梦，那是不切实际的幻想。所以，没有人敢在光天化日之下表示自己"爱做梦"，像我这样好像更没有资格谈论梦想。可一路走来，多亏了那一个个"痴心妄想"，才让我始终没有放弃希望，没有降低对自己的要求。有梦总是好的，梦着梦着也许就实现了。

今天的我，有了别人羡慕的工作；遇到很疼我、支持我的老公；有了健康可爱的女儿，成了幸福的妈妈；还找到人生新的志趣和方向……走在路上，我都常常忍不住笑。

有人问，怎么还在努力？难道不累吗？累呀！其实选择放弃比选择坚持容易得多，但选择放下又比选择拿起要困难得多，关键看我们想要怎样过一生。

我是个贪心的姑娘，脑袋中总有许多奇思妙想，我对这个世界、对身边人、对自己总是充满了太多热爱和期待，那种一眼能望到底的、平庸枯燥的生活，我是万万不能接受的。我知道梦想从来不是触手可及的，但我相信坚持的力量，只要每天努力一点点，进步一点点，一次次地启程出发，就总能靠近自己理想的生活。

只不过走得太快也容易迷失方向。记得有一天，当我正盯着满满的日程表焦躁得不知所措时，忽然一阵清风袭来，我抬头望了望窗外，天蓝蓝的，云朵悠悠地飘着，闭上眼，脚尖轻轻一点就踩上了云霄，我在天空滑行着，与风儿嬉戏玩耍，顿时身轻如燕，像脱去了一身的疲倦……

我有多久没做梦了？

近年来，一直紧绷着所谓"奋斗"的弦，容易变得焦虑沮丧，容易忽略身边细碎的美好，总觉得离自己心目中那个耀眼的舞台还有很大的差距。不过回望这明媚的阳光，细数日子里的点滴幸福，谁又能说我不是一直努力坚守在自己的舞台中央？

所以，当我再次陷入沮丧的时候，我告诉自己，紧绷的弦容易断，人生张弛有度才更好；梦想不是明天的微笑，梦想就是今天的暖阳，我的存在本来足够好！

"我知道我的未来不是梦，我认真地过每一分钟，我的未来不是梦，我的心跟着希望在动……"当我再次嘴角上扬，哼唱这首熟悉的歌曲时，我知道做梦的女孩回来了。

感谢有梦的每一天，正是这个意念指引我一步步走到今天，也走向明天……

一颗牛奶糖的回忆

李银

小时候我嘴巴很馋,看到别的小朋友吃东西,我会两眼直直地看着他吃,多么希望他会分一点儿给我,直到他把最后一点儿都放在嘴里,我还是不放弃,甚至希望他能从嘴巴里抠一点儿出来,并递给我说:"给,馋嘴猫,拿着!"但希望越大,失望就越大。通常我只能看着他们把最后一点儿都吞进肚子里,自己在一旁看着,不停地咽口水。

因为我的嘴馋,我还被一个小朋友捉弄过,在很长一段时间里,这件事都会被别人作为茶余饭后娱乐的谈资。即使是现在,每当我回到娘家,碰到以往玩得要好的朋友,偶尔他们还会拿这件"陈年老窖"来取笑我。

那是发生在我六七岁时候的事,现在想起我还是羞得满脸通红。

那一天,我在邻居的院子里和一群小朋友玩。突然我发现一个十一二岁的大姐姐嘴里含着东西嘴巴不停地在动。嘴里含着的那 牛奶糖吧?乳白色的糖果总时不时地露出来诱惑着我。我像是被磁铁吸住了，站在她面前眼巴巴地望着她的嘴巴。她往左转，我就往右走，她往右转我就跟着往左走。那牛奶糖的香味从她的嘴里飘出来，惹得我一次一次地吞咽口水。那种想吃糖的欲望驱使着我跟着她不停地转。

我太想吃糖了，我鼓起勇气走向前厚着脸皮问："姐姐你吃的什么呀？能分一点给我吗？"

"不给。"她把身子一扭便背对着我不理我了。

我死缠烂打绕过去又问："姐姐你在哪里拿的？还有吗？"

院子前种着两棵高大的马尾松树，地上铺满了马尾松细长的松针和一些果子。大姐姐用手指着地上的马尾松果子对我说："呐，就是这种果子放在嘴里面含，久了就变成白色的糖了。"

也许是那时的我太想吃糖了，也许是我太天真，我赶紧捡了一个马尾松的果子放嘴里，怕别人来跟我抢，又赶紧把衣服上的口袋都装满，这才满脸幸福地期待着嘴里的果子变成糖。

可是含了很久，嘴里除了一股苦涩的味道，并没有我所期待的甜滋滋的糖的味道。我百思不得其解，于是跑过去问大姐姐，大姐姐没想到我真的去捡果子放嘴里面含，她笑得腰都弯了，眼泪都笑了出来。于是所有的小朋友也跟着笑了起来。这时我才发现自己上当了，而且那么可笑。看着小朋友们笑得东倒西歪，我羞愧得无地自容，恨不得挖个洞躲进去。

仿佛一夜之间，"馋嘴猫"的绰号不胫而走，我无论走到哪里，总感觉背后有人指着我说："看，她就是'馋嘴猫'！"

从那以后我不愿意出门，也不愿意上学，整天跟在母亲的屁股后面，母亲想甩都甩不掉我，于是好长一段时间，母亲天天接送我上下学。直到父亲从城里给我带回一包真正的牛奶糖，我才从那段难堪的羞辱中走出来。

我记得父亲递给我糖的时候，他把我抱到他腿上坐着，捏着我粉嘟嘟的小脸，满脸堆笑地说："给，牛奶糖！拿去诱惑诱惑你的小朋友们，就跟他们说：'你们谁还敢叫我的绰号欺负我，我就不给你们糖吃！'"

我拿着牛奶糖站在小朋友堆里就像个女王，他们就像侍卫一样拥护着我，听我命令，任我差遣。我那被羞辱过的自尊终于找了回来，在小朋友们面前终于能抬高头颅，扬眉吐气了。

许多年过去了，今天当一包牛奶糖放在我面前的时候，我总感觉甜得腻喉咙，不太喜欢吃。站在成人的角度去想童年的事情，那又是多么的可笑啊！也许是小时候家里穷，物资匮乏。在那个贫穷的年代，父母亲竭力地为我们解决温饱时，再没有多余的钱去给我们买零食，我那时对零食的欲望也像人在饥饿时对饭菜的渴望一样。

现在家里的零食水果不断，孩子们却不大喜欢吃，随处可买到的零食水果总满足不了他们的要求，他们总是闹着要我买巧克力，带他们去吃肯德基，去吃比萨。我反对孩子们的"崇洋媚外"，常常用一大堆理由劝之，比如说巧克力吃多了会发胖啦；吃肯德基会上火啦；可口可乐是碳酸饮料，喝多了会缺钙；比萨上面的芝士太油腻也不可多吃，等等。但孩子们乐此不疲，吃得津津有味，满脸幸福。和我那一颗糖一块饼干都是那么奢侈的物资匮乏的童年相比，他们的童年是多么的幸福呀——从来不愁吃穿，不知忧愁。坐在窗明几净开放着冷气的餐厅里，享受着美味的外国零食和午餐，是我童年时代里永不能想象的。

是啊，国家贫穷落后，我们也跟着与国家共苦。孩子们生活在富裕强大的祖国怀抱里，怎能不跟着祖国的发展潮流享受生活的美好呢。这是发展趋势，我怎能管得住不让孩子吃呢。

祝愿祖国永远繁荣富强！

隐藏在时光里的爱

韩歆

父亲长得敦实，不说话的时候总是给人阴沉的感觉，从小我就跟父亲不亲近，觉得父亲并不爱我。到了外面，父亲却是另一番模样，一张脸上不自觉地挂着浅浅的笑意，仿佛换了一个人。当父亲远远地走在村道上，还未走到跟前，那一阵笑意便先扑了上来。村人总笑着打趣他："哟，席大佬，捡着钱啦？""席大佬，今天碰着什么喜事了？"每每此时，父亲脸上的笑意便更浓了，都快要溢到空气里了。配合着父亲短而急促的步伐，颇有喜剧的意味。父亲的笑，只留给别人。

父亲憨厚，一年到头只知道闷头干活，母亲与这样的闷葫芦过了一辈子，每每想到此我总忍不住替母亲唏嘘，将来我的先生一定不要如父亲一般。父亲对我们兄妹几个总是冷着脸，一副不可亲近的模样。他的笑，他的暖意，似乎都留给了别人。父亲不会做家务，且对家里家外一切开销事宜充耳不闻。吃饭时只管吃饭，干活时头都不抬一下。哦，父亲只活在自己的世界里。我对别人家的父亲充满幻想，他们的父亲，会是怎么样的呢？会做饭、会讲好笑的笑话哄妻儿开心？

印象里我只吃过一次父亲做的饭，还是他与母亲吵架后，母亲回了娘家，父亲迫于无奈，拿起了饭铲。父亲拿饭铲的样子憨头憨脑的，一点儿也不专业，手忙脚乱，很是滑稽。当然做出来的也不是美味佳肴，父亲只是将家里剩的蔬菜一股脑儿丢锅里，来了一锅乱炖。然而童年里的父亲的这顿饭，至今使我记忆犹新。那是父亲的味道。因为稀少，所以来得猛烈。

父亲甚至还打过我，已经忘了什么原因，我与弟弟在饭桌上吵了几句，我一时委屈，丢了筷子，愤而离席。出了家门，走在黄昏的村道上，心里颇为悲壮。几岁的孩童，还不知道往哪里去，天黑下来，我希望母亲来找我。然而是父亲拿着扫帚来的，步伐大而急促。毕竟年纪小，我又失望又开心，乖乖跟父亲回了家。父亲的话依旧不多，手里的扫帚在我面前晃动，我在他的"威胁"下将剩下的饭菜吃完。

后来学校离家远了，住了校，回家的次数便少了。我习惯性地向母亲讨要生活费，与父亲依旧话很少。我甚至害怕与父亲独处。我想，父亲也与我一样吧。我们都不知道如何打破静默。父亲也许并不爱我。我的父亲就像一只安静的"怪物"。再后来我认识了先生，出嫁那天母亲哭着送我出门，鞭炮声响的时候母亲叮嘱我出了家门就不要回头。母亲的眼泪含蓄而隐忍。我在人群中看到父亲忙碌的身影，洋溢着喜悦的笑容。不知怎的，我心里一阵失落。哦，我的出嫁让父亲如此开心。我与母亲惺惺相惜。父亲并不爱我。

婚后的日子烦琐而又细碎。我惊讶地发现婚后的先生露出了他本来的面目。先生并不爱做饭，对孩子也鲜少管教，偶尔也是把孩子当玩具一样逗乐一番。我对先生日渐不满，惊叹于自己竟被婚姻蒙蔽。然而先生寡言，结婚前鲜活的一个人，婚后仿佛换了个人，似乎说一句话都是吃力的。终于，在与先生大吵一架后我带着孩子回了娘家。

父亲看到我拖着行李箱，拖着两个孩子，似乎明白了什么，脸上闪过一丝阴霾，欲言又止。孩子上学让我犯了难。由于父亲家离学校远，而我又没有交通工具，最后只能由父亲的电动三轮接送。接送孩子的任务自然落到了父亲身上。这样的日子过了几天，我的心情发生了细微的变化。我每天，哦，每时每刻都关注着手机，然而那个熟悉的号码始终没有响起。倒是父亲，每天带着孩子进进出出，脸上的皱纹都拧成了菊花。父亲对外孙外孙女还是不错的。

有一天下午，先生跟着父亲一起进了家门。先生拎着大包小包，十分恭敬地对我父母说是来接我回家的。父亲看看我，又摆出了一副低沉的模样，以不容拒绝的口吻命令我跟我先生回去。转而对着我先生，笑意吟吟，变化之大如有换脸术。后来我去母亲家，母亲偷偷告诉我，父亲在去接孩子的时候去了一趟我家。我不清楚父亲究竟与我先生谈了什么，但是我跟我先生的关系缓和了很多。母亲说了很多关于父亲的事。那些尘封的童年，那些关于父亲的回忆，纷涌而来。

四月的某一个晚上，我忽然接到母亲的电话，说父亲在干活时不慎将手弄伤，正在医院接受治疗。我的心忽地突突跳了几下。安顿好孩子，我即刻赶往医院。见到父亲的时候，他刚做完手术，正虚弱地躺在床上。父亲似乎一夜老了许多，但是我分明看到了他眼角的笑意，那满是慈爱的眼神。我确认我没有眼花。父亲说："我没事，你回去照顾孩子吧。"我轻轻地抚着父亲包扎了的手，哪怕我已是两个孩子的母亲，我依旧不知道如何与父亲沟通。我的眼眶一阵湿润，我撇过头，不想让父亲看到我眼里的灼热。母亲送我出去时在走廊上与我说了几句，母亲说我出嫁头一夜，父亲一夜未睡；父亲总是唠叨我怎么没有带孩子去看他；父亲甚至跟母亲吃醋，为什么孩子每次一回家不喊"爸爸"，总是开口先唤母亲……

我站在楼梯口，医院窗外的一排绿荫在四月春雨的滋润下，正绿得深沉。那不正如父亲的爱吗，来得无声而又绵长，在岁月的洗涤里愈发醇厚。

幽兰

—荷—

喜欢坐在一帘清幽的月下，铺纸研墨，焚香听音。执一支笔，随意在宣纸上书写，画画。

近来，总喜欢写小篆。在墨香中，欣赏着汉字的古意之美。篆书"幽"字，左右各半，还是吴昌硕写得有韵味，似两位好友，坐在山间草房，手执香茗，月下对饮，赏白卷雨帘，听流水弹琴，闻桂花酿酒。

看着"幽"字，我痴痴地看着、想着……

夜未央，一抹花香飘来。香气淡雅素白，宛如一女子，身穿质朴的棉麻衣裙，手执竹筐，从《诗经》中走来，淡淡的。我喜欢"淡"，淡淡的花香，淡淡的颜色，淡淡的爱，淡淡地做一位如兰的女子。

寻找花香，是家中养了多年的兰花开了。兰花，古老而又神奇的花草，修长的叶子，四季常青。和谐的弯曲度，柔中带刚。整株植物天然造型恰到好处，迎曳风动，婀娜多姿。近日工作繁忙，无暇顾及，它竟然开了。

"多画春风不值钱,一只青玉半枝妍。山中旭日林中鸟,衔出相思二月天。"

众所周知,郑板桥喜爱竹,为了画好竹,房前屋后都栽着。我只知道他是清代有名的书画家,没想到诗也写得这么有韵味,尤其是"衔"字。是那么的优美,不是刻意去想,而是自然流露出的念,看到兰,他在想谁呢?

一个人最大的幸福,莫过于有朋友牵挂,有亲人思念。

刘姐,长我几岁,之前我们同在机关上班,但不在一个部门。一副白色的珠宝耳环,是她身上唯一的饰物。我们相处不多,见面只是微笑示意。

三八节,机关要举办联欢晚会,为了准备文艺节目,刘姐来到了我办公室,这也是第一次近距离的相见。我喜欢养花,办公室的窗台上种了不少花。刘姐看着刚移栽不久就长了花苞的大丽花,开玩笑对我说:那么小的花就让它开,别让它累着了。刘姐是个善良温柔之人,我想……

世间最美的遇见,是素笔与墨相遇。笔尖走纸,泼墨种菊。最开心的遇,仿佛前世的约定,今生久别重逢!

年轻时我话不多,除了上下班,很少与人交往。机关每周三下午都要学习,偌大的礼堂,我一眼便能认出刘姐。她安静地坐在人少处,与喧闹的周围格格不入。穿着素色的套装,一头自来卷短发,如兰般优雅恬淡。我走过去,会悄悄坐在她的身边。看到我她也只是莞尔一笑。

我们成了无话不谈的姐妹。

刘姐爱养花,家里一年四季花开不断。人间草木,看似无情,实则有心。花木的洁净,能在瞬间平复你百转千回的内心。尤其是在月影幽窗下,铺纸研磨,画一幅清雅的水墨兰,别有意境,醉人心怀。

一次和刘姐去逛街,看到一个透明的白色玻璃碗,只有手掌大小,边缘有花纹。她说买上可以盛水果,将冰镇过的西瓜切好,上面再放两

143

片绿色哈密瓜，清凉一夏，我痴痴地望着她，咽了一下口水。平淡的日子，刘姐过成了诗与远方。

爱是什么？爱是陶公的菊、李清照的红肥绿瘦、陆羽的《茶经》、王维的清泉明月。

和刘姐在一起的日子，清雅淡素，生长在幽僻之处，不与群芳争艳。我们有说不完的话，聊不完的趣事。一盆兰花，我们从一片叶子，一朵花，聊到它的生长环境，聊到王羲之爱兰，养兰。人们养兰，赏的是叶，品的是花，闻的是香。而王羲之却从婀娜多姿的兰叶上，得到了书法运笔的启示。就这样，我们常会忘了时间，忘了还有孩子、家人等着吃饭。走出办公室，早已人去楼空，夜幕降临。

记忆在指尖缠绕攀爬，清香四溢。

因工作和生活的变动，和刘姐已远隔千山万水。虽不常见面，心却在一起，情深依然。新的工作，新的环境，徒增新的烦恼、压力。每当这时，会第一时间拿起电话打过去……

高山流水觅知音，明山秀水喜相遇。虽无伯牙绝弦，但似桃花潭水。

一生中会有一些朋友，总有一人刻骨铭心，影响你一生。她教会你生活、教会你处事、教会你爱。当你累了、倦了、想要放弃的时候，她是你心里的驿站。给你加了油，助你飞得更高更远。

月下兰，葳蕤生香。摘一片花瓣让风捎与刘姐，遥祝安好！

有时候，不必将所有风景都看透

司红

小雪节气已过，随朋友前往一处公园赏景。下车之后漫步闲走，那日天气微阴，风虽不大，刮过时还是觉得凉意沁体。我们沿着河道散步，岸边枝叶枯黄，芦苇荡漾，水波漫向远方。初冬时节，岸边垂钓的人皆裹紧衣物，斜斜身影立在余晖中，以闲情消磨时光。

忽逢落满银杏树叶的枯草地，此刻上面铺着一层金黄，像秋意织成的毯子，安谧静美。"如果早些日子来就好了，现在已落得差不多。"我遗憾地感叹道。倘若早来半月，眼前的景想必是另一番模样，浓绿浅黄悬于枝头，映在明净高远的秋日天空，绝对是美不胜收。

我为错过内心深处认定的一场美景而驻足不舍许久，深知要看到那番景象，须等到明年此时了。风物流转，一年一会。

说来也巧，那天回家后晚读，翻阅张晓风散文集，再次读到她写人与世间风景的错过。

有些好事情，我们不是总能够遇见的。

因为各种缘故，她曾错过开成一片香海的丁香花、一场风俗热闹的庙会、一山声势浩大的昙花盛放……最初的她，自然是跌足叹息不已，惆怅为何没有逢上最好的时间，但到后来，逐渐内心坦然：所遇事物，其实都是顺其自然后最好的安排。归根结底她总结出一个道理：行走千里，我们生来不是有权利看到每一道彩虹的。有时黑云压城，有时暴雨滂沱，有时雨过天晴。而这，大约才是人世之常情。

如此便有一些美景，或并未相见，即已别离；或欣然邂逅，徒然叹息。华枝春满有之，无缘相见亦有之。

想起大三那年暑假，我独自去恩施旅行，夜宿一家旅舍，翌日起来去看恩施大峡谷的风景。

原意想看绝壁环峰、松木苍翠，可惜那日天公不作美，群山之中云层弥漫，遮住了山峰模样。再加上一层微薄的水气，万事万物好像都笼罩在白纱之下，根本看不见更远处。山形和树影，模糊到只剩小小轮廓。因为湿气大，连身上所穿的夏日衣物都泛起了潮意。

我不知道眼前的路还要走多久，心想来此地停留，有这么多日的好天气，为何选了如此糟糕的一日来爬山。而且自己并未带伞，倘若一场雨落下来，势必很难从容地为此处留下好印象。

直到我离开峡谷，奔赴另一处景点时，山峰处的云雾仍旧未散，好在雨也未落，始终朦胧似轻烟。回望时，几座峰山壁料峭，直抵天空，仿佛探入了仙境。我很难说清当时的感受，只觉得那样也很好，景色亦是美的，即使与想象中略有出入。

几年后，我才领略到当时的感觉究竟是什么意思。张晓风在书中写："有些好事情，是上天赏给当地居民的。旅客如果碰上了，是万幸，碰不上，是理所当然。"

我那时遇到的雾锁山峦和今日相见的银杏满地，几乎都可以用此概括。看似是一场错过，实则不必为此遗恨。因为想要看到的一切，其实已经以另一种方式抵达了身边。

　　想起那日在银杏树下，我看到互相拍摄留念的闺密，她们笑着将脑袋凑在一起，看向小小的手机屏幕，笑容灿烂，而后步履轻快地打闹离去。也有给妻子拍照的中年男性，站在台阶上，希望用手中的取景框收集深爱的容颜。岸边垂钓的人已经准备收拾回家，提着的桶中不仅仅装着一个下午的收获，还有踏实微小的幸福感，夕阳中有温情流淌。

　　远处余晖没入河中，水面波光粼粼，有半江瑟瑟之美感。偶有风过，从枝头飘落的树叶，便落入了大地敞开的怀抱。那一刻，我真切地没有去想半月、一月前，这片银杏树林究竟如何风景殊胜，只单纯地觉得眼前枯叶翩跹，姿态从容，有秋色连波、黄叶翻卷之美。叶落了，树还在，河流还在，可观可赏的地方，仍旧有许多。

　　谁能不说这也是一场难得的遇见呢？

　　那些眼睛无福看到的，就让想象力去驰骋天地吧。我们自然不必将所有风景都看透，错过春和景明的桃花初绽，"风定落花深，帘外拥红堆雪"也很喜悦；错过孟冬时节的初雪片片，"隔牖风惊竹，开门雪满山"更是别有一番韵味。

　　时间会带给我们不一样的惊喜，做个安静看风景的人，心安处，万水千山尽在眼底眉间。

有无相生　梦悟红楼

宋晓萍

学者蒋勋说："《红楼梦》是一本可以当佛经读的书，阅读《红楼梦》的过程，其实就是修行的过程。"诚如斯言，《红楼梦》是一部揭示真相之书。

要读懂《红楼梦》，需从对联"假作真时真亦假，无为有处有还无"入手。这副对联在《红楼梦》前八十回至少出现两次。书中首回，甄士隐昼梦僧道二人，并欲随二人进入太虚幻境时，首见此联。深谙曹公写作意图的脂砚斋于此处评注："无极太极之轮转，色空之相生，四季之随行，皆不过如此。"第五回，昼梦之宝玉由警幻携带神游太虚幻境时，再见此联。脂砚斋又评注："正恐观者忘却首回，故特将甄士隐梦景重一渰染。"须知，甄士隐是全书隐喻性人物，贾宝玉则是最重要的人物，太虚幻境更是与大观园相对应之天上幻境，对联于此处经由甄、贾二人之眼两次出现寓意颇深。对联出现时书中有二词反复呈现，此二词为"梦""幻"。

古人常梦、幻不分，梦即幻也，幻即梦也。黄帝"昼寝而梦"，尧有攀天乘龙之梦，庄周更有化蝶之梦，皆以梦喻理。《红楼梦》可谓集梦之大成，全书约写大小三十余梦。小说开篇即说："作者自云，因曾历过一番梦幻之后，故将真事隐去，而借'通灵'之说，撰此石头记一书也。"脂砚斋于此评注："此回中凡用'梦'用'幻'等字，是提醒阅者眼目，亦是本书立意本旨。"

"假作真时真亦假，无为有处有还无"可通俗解为"把假当作真，真也成了假；把没有当作有，有也成了没有"。世间本无宝玉，只因顽石神瑛"凡心偶炽"，"意欲下凡造历幻缘"，便有了"假"宝玉；"造历幻缘"为神瑛"下凡"之初心。世间也无黛玉，只因绛珠欲用一生的"眼泪"偿神瑛"灌溉之恩"而有了林黛玉；泪偿神瑛之恩为绛珠"下世为人"之初心。"道生一，一生二，二生三"，正因神瑛、绛珠这一"公案"，才有了许多"风流冤家"，陪他们去"了结此案"。

第五回于太虚幻境演绎《红楼梦》曲时，警幻警示宝玉："此曲不比尘世中所填传奇之曲……若非个中人，不知其中之妙。料尔亦未必深明此调。"溺于尘世之顽石，此时竟真未明此调、忘却初心。他忘却了神瑛是真，绛珠是真，泪偿灌溉之恩是真，太虚幻境是真；宝玉是假，黛玉是假，金玉良缘是假，荣宁二府是假。他以假作真、以无为有，真实地沉溺于自己的世界中而痛苦到不可自拔，忘却这一切不过是他一"念"而生之物，是早已编排好的红楼一"梦"。而于此时正饮酒赏梅的钗黛一干人而言，更是哪有神瑛，哪有绛珠，哪有还泪，哪有太虚幻境！只有宝玉，只有黛玉，只有隐隐耳传的金玉姻缘，只有倦怠睡去的宝玉酣甜一梦！这些陪顽石历劫的人们，此时同样溺于自己的世界里真实地痛苦着，忘却自己不过是陪同下凡"了结此案"的人。

如果不想痛苦，那就从梦幻中醒来吧！醒来即回来，回即回到初心上来。这是警幻给宝玉的"警幻"。可是《红楼梦》曲十四首歌毕，宝玉

149

已是听得无趣至极。此时的宝玉不懂,生命中最重要的十二个女子的一生已在他面前一一排演,他本有一次从痛苦的梦幻里提早醒来、找到初心的机会,却在该醒的时候困倦欲眠,所以警幻不禁惋叹:"痴儿竟尚未悟!"这个很有深意的暗示,是警幻给宝玉的警示,难道不是作者给读者的机锋吗?书中人是痴儿,看书人是痴儿,我们都是痴儿,只是痴迷处有不同罢了。

诗人纪伯伦说:"我们已经走得太远,以至于忘记了为什么而出发。"痴迷于假、于无、于梦、于幻,让宝黛不知"真",不明"有",不记初心。然而,痴迷于梦幻是不够痛,痛了自然会醒来。有一首诗说:"……生命会用生命的体验,在无尽的生死和轮回里,不停息地来唤醒你,直到你醒来……"宝黛最终醒来了吗?醒来了。黛玉"泪尽而逝",魂归太虚,回到来处离恨天;宝玉"悬崖撒手",复为顽石,归于大荒山无稽崖青埂峰。这,即是他们的醒来。

至此,宝黛将生命画了一个"圆"。这"圆",是真假同源、有无相生的"一",是脂砚斋"无极太极之轮转"的"无极",是曹公展示的"不忘初心,方得始终"的生命真相。蒋勋叹息,《红楼梦》"处处是慈悲,处处是觉悟"。只是,这慈悲和觉悟,必得我们走进《红楼》、深入《红楼》,并适时抽离《红楼》,方可真知真晓真悟吧!

有些遗憾，何尝不是一种美好

乐从心

1

孩子满月后，带回娘家住了一个星期。奶奶初次见到这个如天使般的小孩儿，脸上露出了喜滋滋如嚼蜜糖般的笑容。

尽管老人家的脸上早已布满波浪般的皱纹，但看着她那一抹笑意，就如一股清凉的泉水浸透入我心中。

一周后，是离别之期。奶奶一直随着我们走出家门，她是那般的不舍，却又压抑着自己不愿轻易表现出来。

奶奶一头稀疏但整齐的齐耳短发，人因身体原因消瘦了些，不过看起来还是很精神。她一只手搭在另一只手上摩擦着。

过了一会儿，她把眼光投向我，又看了看我怀中的小宝宝。那一瞬间我发现她的眼眶里布满了泪水，她下意识地用衣袖揩了揩眼睛。

奶奶微笑地望着小宝宝，怜爱地用手抚摩她的脸颊。然后便催促着我们快上车，还一直叮嘱着要注意安全，慢点开车。

隔着车窗玻璃，我不停喊着："您回去吧，不用送了。"但她依然待在原地。她个子娇小，身体瘦削，穿着一身略显宽松的老年布衫。我的心瞬间被触动，想跑出车外拥抱她。

人老了，最怕与亲人离别。老人总渴望相聚，可是他们也明白，孩子在外面有自己的一片天地。

2

车窗缓缓关闭，奶奶向我们挥手，她的眼睛始终看着车里的我们。在她的脸上，我看到了满足，看到失落，还看到了过往的很多事情。

奶奶虽为传统妇女，文化水平不高，但她自小偏爱我，毫不重男轻女。

中学时代我读的是寄宿学校，每周回家一次。每次回家奶奶都会给我准备超级多吃的，像什么芝麻糊、凉粉、粽子、凉茶，等等。只要是我喜欢的，她都会悉心提前备好。看见我吃得开心，她就会笑开颜。

车子启动，带着我的往事一直往前驶去。我眼眶闪着泪花，感到幸福。还好，一切不过是暂别，我下个周末依然会回家，再见到奶奶，再听奶奶说话，听她说年代久远的故事，说我小时候的调皮捣蛋事……

只是，我真的没有想到，我再也不能听到奶奶说话，隔着车窗的挥手是我们之间最后的告别。

3

奶奶突然病情恶化，她没有等来我。在她弥留之际我也没有能够及时出现。我多么想自己可以在那样的时刻握着奶奶的手，告诉她："奶奶我会一直想你。"

那个大雨滂沱的夜晚,雨从傍晚开始一直下,越下越大,下得人心烦意乱。奶奶就在风雨飘摇的深夜轻轻闭上双眼,永远辞别了这个世界。

直到奶奶离去,翻看旧相册,我才发现我们竟然连一张合照都没有。我的脸如被狠狠打了一巴掌,不知情何以堪。

人有时会过分地自信,总觉得凡事有以后,一切都还来得及。但上天从来就不受人所控,有一天才会恍然发现,有些人,有些事,真的来不及。

好长一段时间,我心情陷入低谷。直到我翻开一本本佛书,喜欢上弘一法师的说禅。他说:"心智的最高境界是能参透生死,坦然面对。"

4

奶奶生前最念挂的就是我的婚姻大事,在她走完生命历程之前,她已亲眼见证了我的幸福。

她对先生很满意。初次见面,奶奶就激动地握住我们的手,告诉我们要相依相伴一生,年轻夫妻老来伴。当时她还给了我们每人一个红包,这是老人家对后辈婚姻最诚挚的祝福。

哪怕在她生病之时,她还是挺住身子,等到我的孩子出生。她用自己瘦弱的双手抱着小宝宝,开怀地笑了,在我心里如花盛放。

人总是在真正失去后,才懂得曾经拥有的美好。可是,人生是一场单程的旅行,有些遗憾注定不可弥补。

对遗憾的执着,让人举步维艰。或许我们需要学会放下遗憾,才能活得自在。与其纠结无法改变的过去不如微笑着珍惜未来。

释然,放下,不代表遗忘。有些人会一直刻在记忆里的,即使她不在身边,没法跟她说话,但是每当想起她时的那种感受,是永远都不会改变的。

又见一树梨花白

林之秋

我看到这树梨花时，它的树枝正迎着春风，雪白的花朵笑意盈盈，嫩黄的花蕊低眉顺眼，深情款款。花苞中含着一丝丝胭脂红，有几枚羞涩的花苞躲在绿叶后面，像怕生的孩子，偷偷看着这大好春光。

四月的春风里，它舞风饮露，轻轻地摇着枝丫，摇着摇着便摇进了我的心里。

这是多么熟悉的梨花啊！很多年前，我也曾拥有过。

那是在老屋的后院里，父亲和我们姐妹三人一起把它种下。它的家是我们经过多方勘察千挑万选的一方宝地，那里有一棵年轻的枣树做邻居，可以相互聊聊心事说说话。对面有一片小小的花圃与它遥遥相望，春天一到，梨树只需稍一抬头，便能看到面前的美好。树下不远处有一条浅浅的沟渠，雨季时，积水会顺着沟渠流到院外，经常会有落花会随着水流漂到外面的世界。

一年中，我们最盼望的是春天。清晨的第一缕阳光刚刚洒到窗前，院子里莺啼恰恰，美妙的一天开始了。出了屋子的后门，踏着微微潮湿的小路，与父母在早春时节种下一畦畦时令蔬菜，浇水、施肥、拔除杂草，等蔬菜再长高些，捉虫的任务就是我们的，常常都是争抢着完成任务。我喜欢在梨树下流连，晨露下的树枝润润湿湿，有着让人欣喜的生命力，仿佛一个转身就能看见花开，于是我在心底里默默许下愿望：某个清晨的第一眼便能看见花开。

梨树定是听到了我的祈祷，终于在晨露中开出了第一朵小花，微微染着红晕，吐着嫩黄的花蕊，呼吸着春天的新鲜空气。一枚叶片上闪着晶莹的露珠，仿佛穿过流年遇见一户山水人家，青山绿水，茅屋一檐，安然恬静。渐渐地，梨花开满了一树雪白，好像是正值壮年的父亲从天上牵来了朵朵白云，哄着我们姐妹高兴得如林间小鸟，绕着树儿转圈，从此，梨树下的时光热闹起来。

傍晚时在树下安放一张桌，几把椅，摆上几碟素菜，一顿简单的晚餐在清香中开始。岁月平淡，生活不易，可是我们的粗茶淡饭沁入梨花的馨香，日子也有了滋味，笑容常常挂在父母的脸上，他们的笑容也醉了我们，有过之而无不及。

那时的我常常倚在门边，看雨后的梨花。古人喜欢用梨花带雨来形容美女，而我看见的雨后梨花却满是惆怅，特别是雨落花瓣，飘洒一地，雨滴重重地落在花瓣身上，溅起淤泥淹没了花的影子，梨花早早地带着心事陷入了春泥中。那时年纪还小，不知道黛玉葬花的桥段，却有着黛玉葬花的心情：喜花开时的绚烂，怜花落时的落寞。少年时的我，总有"为赋新词强说愁"的忧伤。

飘落的花瓣有很多落入了沟渠，一枚枚小小的白色花瓣载着少女的心事，随着这一湾浅浅的曲水流到未知的世界，带走了我的忧伤和愁绪，留下了无尽的回忆。

往事清欢，岁月无痕，家庭住址几经变更，后院的那一棵见证我童

155

年时光的梨树也易了主人。如今再见梨花开,便如看见童年的回忆,只是时光旧人已老,父母已经满头华发,白得像盛开的梨花,而满树的梨花真的载不动我们如今的忧愁,纷纷飘落……

花开一生,如人一世。如今片片雪落,一地零落的花瓣是我们再也回不去的童年……

与父亲和解

周彩霞

母亲生我的时候，已经育有三个孩子，一个男孩，两个女孩。我的出生并没有给家里带来太多的惊喜，倒是父亲见又是个女孩子，便让母亲把我送给别人，是母亲的一再坚持才没有让我流落他乡。听母亲说起这个过往，我的心里有些苦楚。

父亲是个老实巴交的人，如老黄牛一般任劳任怨。除了耕那一亩多的薄地，就做点小买卖。印象中自己很少有和父亲亲昵的场面，他是个严父，刻板、不苟言笑，有时还有点粗暴。

上学时，我成绩还是不错的。每每领奖状回家，父亲不会刻意表扬我；如果考试不佳，他总会一番数落，言语里透露着嘲讽："考这么差，肯定是不认真！"小小年纪，我就对父亲有距离感。

穷人的孩子早当家。小学三年级左右，我就学会了烧饭做菜。放寒暑假，几乎都是我煮一日三餐，操持家务。父亲外出工作回来，饥肠辘辘，如果我还没及时煮好饭，对我就是一顿骂。我记忆最深刻的是，有

157

一天父亲卖完糍粑回来，我还没煮好午餐，赶着要去参加同学会的他发了很大的脾气，说了很多难听的话。那一刻，我的眼里写满了恐惧。

有几年，父亲一大早走街串巷去卖包子或糍粑之类。生意不好，到了中午还卖不完，只能无精打采地回家。突然有一天，父亲和母亲商量，如果当天有卖不完的糍粑，让我放学后拿到市场上去卖，家离市场不太远，这样可以换回一些钱。

于是，父母准备好让我摆摊的用具，一个架子，一个圆筛，一块干净的布。刚开始，由母亲拿糍粑到市场卖，下午放学后，母亲替我拿过书包，我就得上岗了。市场就在我就读的小学旁，每次卖糍粑，总能遇见亲戚朋友，他们会夸奖我懂事；而让我尴尬的是见到班里的同学或老师，恨不得躲一边去。对于一个十岁的姑娘而言，在市场卖糍粑确实是一项艰巨的任务。而父亲不管我愿不愿意，强迫我去。我恨父亲，为什么进货进这么多糍粑，卖不完，让我这个孩子去叫卖。偌大一个镇，只有我这么一个孩子家独自帮父母卖糍粑。很长一段时间，我既想通过卖糍粑为父母分忧，又觉得这让我很难为情，我被这种情绪煎熬着，很是痛苦。

后来，我去了外镇读初中，每个周末回家一次。需要交伙食费之类的，我一般都向母亲开口，母亲担心我不够花，总是会多给些。迫不得已时，我才会向父亲开口。我心里对父亲有怨恨，不想和他多交流。

与不苟言笑的父亲相比，善解人意的母亲让我心生温暖。我不止一次在心里默念，我爱母亲，有母亲就够了。然而，天有不测风云，母亲在我高二的时候病倒了，突发心脏病被送去了医院，医生嘱咐，今后不能再干粗重活，否则还会再犯。这意味着，母亲再也不能像以往一样走街串巷地做买卖了，我心疼母亲的同时，也不得不面对一个残酷的现实：家里少了部分经济来源，日子更拮据了。每次需要钱用，我不得不向父亲开口，父亲的脾气似乎更不好了。

姐姐们出嫁后，每次到田里干活，父亲总会带上我。高中某个暑假，我跟着父亲去弄秧田，把翻过的田弄平整，文弱的我实在不是干农活的好手，看着我的"杰作"，父亲的脸色突然阴沉了下来，盯着我大声训斥道："就干这么点农活，都干不好，你读了这么多书，真是白读了！"父亲的话似一把利器，刺向我的心房，让我的自尊洒了一地。我委屈得哭了，却不敢哭出声，小声啜泣。

大学毕业，我逃离了生我养我的故乡，逃离了父亲，在几百里外的城市工作。离开家的时候，站在母亲身后的父亲没有了之前的严厉，平添了几丝落寞。平时打电话回家，我都是和母亲聊得多，末了才和父亲聊上几句；而父亲却变得唠叨起来："工作了要注意自己的形象，多买几件像样的衣服，别太省了，照顾好自己。"父亲难得的温情让我鼻子有点酸酸的。

某次回到家与母亲闲谈，母亲对我说："你爸现在逢人就说，'还是我的小闺女好呀，工作出色，对爸妈又孝顺，满屋子的东西都是她买的，就是工作太远啦，想见一面都难。'"那一刻，我对父亲没有了恨意。父亲一直都是爱我的，只是他不善于表达自己。生活的苦难让他不免会有不好的情绪，他不是一个完美的父亲，但是却是一个顶天立地的男子汉。

如今，我远嫁他乡，成为父亲最深的牵挂。在夫家的第一个春节，我给父亲打电话，听闻我的年夜饭只吃鹅肉和青菜，电话那头的父亲心疼极了，关切地说："年夜饭怎么可以这么简单呢？"我连忙安慰父亲，"这里的习俗都这样，年夜饭不会准备太多菜式，反正都吃不完。"而挂完电话，我已是泪流满面。我何尝不想念远方的父母，想念家乡的味道呢？

突然想起《父亲》这首歌的歌词："时光时光慢些吧，不要再让你变老了。我愿用我一切，换你岁月长留。我是你的骄傲吗？还在为我而担心吗？你牵挂的孩子，长大啦……"

对父亲的怨气早已烟消云散，与父亲也没了隔阂，尽管生命的最初，他对我有些嫌弃；成长的过程中，他对我的方式有些简单粗暴。随着年龄增长，特别是有孩子以后，我越来越能理解父亲。读书不多、性格内向的父亲，在岁月的洗礼下，如一棵伟岸的大树，曾为我们撑起一片晴空。他受限于自己的认知，没有给我温柔的父爱。但是，他和千千万万的父亲一样，以自己朴实的双肩，为儿女托举起更美好的明天。

竹山听雨

鸿雁

青山隐隐,渺渺乳烟。雨,一滴接着一滴,串成串,连成片,密密麻麻,穿过墨绿的风,从青灰的云层里落下,落在竹山里,给天空和大地挂了一层透明的帘。

浓密的雨丝似架在天地间的琴弦,风用纤长的手指抖落一个个音符,掉进翠绿的竹林,落在翁郁的群山。噼噼啪啪的滴雨声,和着远处的鸟鸣,穿林打叶,如松风走笔,沙沙作响,扰乱了空山绿竹的幽静。雨打湿了花朵,俘虏了花香,一曲竹山听雨从天而降,悠扬婉转,轻吟低唱。

天外飞来的雨滴,像身藏绝世武功,从万丈红尘外的云层,摩肩接踵,飞进竹林。一串串雨滴,手牵着手,打湿山林里所有的草木,草木上的花朵。抬头望天,水雾融合,一条白练从山谷竹林穿越,瀑声轰轰,激起浪花朵朵。

青山深处,摇曳的竹林里,一座老院竹篱隐约可见。雨打屋檐,有水花在青瓦檐上飞溅。一朵朵白,开放在水雾弥漫的天地间。似菌苔,初放在波光粼粼的湖水里,把对天空的留恋和对大地的追求,演绎成大气磅礴的九天盛宴。

念天地悠悠,恋大美至简,赏云雨翩翩,享清幽安闲。

我披了蓑衣,在檐下石阶静坐。石阶上绿苔疯长,如米大小的苔花,伸长了脖子,喝饱了雨水,在蔓延的绿意里化成无数的精灵。空山静处,细听山野低语;夏雨嘈嘈,竹林与百虫共鸣。细密的雨丝,纠缠住风的脚,与风的影子寸步不离。粉红色的野蔷薇像喝醉了酒,沉重的身子匍匐在四周的篱墙。

竹林老屋到烟岚远山,是一条覆满花香的小径。小径旁,是一条深谷,从山顶蜿蜒到山脚边。淙淙泉音伴着雨滴,在溪涧流淌。叮叮咚咚的溪流,滴滴答答的雨声,都长了湿漉漉的韵脚,印上山林里的每一个诗行。

远处是迷迷蒙蒙的山峦,在雨雾里轻叠,像或浓或淡的墨迹在画布上轻点。远来的风,在未完的画卷里随意涂抹,抹一点绿,染一点蓝,画进几朵流云和青烟。突然一用力,画上一笔天外天,把远道赶来的雷霆锁进画布,允许天兵天将在竹山里的画布上摆兵布阵。

竹山里的雨还在下,噼噼啪啪,不疾不徐。雨打竹叶如珠落玉盘,天地间都笼在一片迷离的意境里。天空下凡的雨滴,殉情似的跳进院落的水洼里,在石阶下起舞,把竹山听雨的思绪牵引进白茫茫的雨线里。

老屋的院落里,长着一棵高大的香樟树,树梢的枯枝上,是布谷鸟迟到的啼鸣。棕红色的羽毛,藏在雨中翠绿的枝叶下,更显几分妖娆。潮湿的泥土里,有结队出行的蚯蚓,柔软的身体蜿蜒向前,丈量着不闻人语响的空山竹林。

雨洗竹山娟娟净,风吹雨滴细细香。雨水打湿的竹叶上,绿色的青蛙蹲在上面,鼓噪声里是对雨雾不尽的缠绵。花斑点蜘蛛盘踞在两棵草木间的蛛网里，不能动弹，像是被封印在结点上。

在这隐隐的竹山里，竹叶飒飒，竹影婆娑。雨中万物，都长了耳朵，像溪边的小鹿，正在聆听一串串雨滴，在一片片翠竹里摇曳欢歌……

追梦路上，闪闪发光的是自己

酒慧慧

前些天我告诉一个闺密培养一个爱好、定下一个梦想能给生活增添乐趣，没过几天她就在下午一点给我发来她在歌厅 K 歌的视频。

视频里音乐声很嘈杂，我却依然能听到她畅快的笑声，放松、自由、酣畅、陶醉……我见过她很多种样子，却独爱此刻的她，因为此刻的她眸中有光，闪闪发光。

作为一个写作者、摄影者，我在我热爱的事情上也是如此，比如在写作时、在摄影时、在大自然里会有孩子般的笑容和心境，坦荡赤诚，无所畏惧。这个过程中，遇到过很多"窘"，比如准备去拍沿黄公路，路上看到一片麦田里长出很多比麦子还高的不知名的草，泛着雾茫茫的白，细雨微风中微微点头很好看，就什么也不顾了，非要靠近去拍，于是鞋子湿透，沾满泥浆，白色的裤子也沾了很多泥巴；在王屋镇清虚村拍照时我还掉过河，幸好那个河不深，只湿了半截裤腿；去年夏天拍黄河上的白鹭时，一双新买的小白鞋也陷进过泥沙……

不过这些过程没有给我带来负面情绪，反而很开心。

很久以前看到过一个故事：有一种靠着一段树枝飞过太平洋的鸟儿，累时就把树枝放在水面上，站在上面休息。我向这只鸟儿学到的最重要的，就是及时把困难转换为快乐。

"无为而为"的我有了更多意外收获。2020年冬天，我拿着相机凝神跟踪一对小水鸭，拍到了它们追逐、嬉戏、陪伴的画面，那种小动物身上天然的灵气感动了太多人，视频号播放量接近5万；在山西的红砂岭，我拍到了像小棕熊、小马奔腾的云朵；2021年4月，我拍摄了自行车穿越油菜花海的视频，把那条普通的路带成了很多人来打卡的网红地，也被当地镇政府公众号转发；积累了很多写作素材，把丈夫无暇陪我做手术我一个人住院的事例写成文章在《河南日报》发表以后还被人民日报客户端转载……

我自己也在不知不觉中瘦了十几斤，心境变得自信通达，心情变得快乐自在，在写美、拍摄美的过程中，我与美互相感召，一点点长出新的羽翼，内心萌生出蓬勃向上、拔节生长的力量。有越来越多的网友说，因我的文字和视频得到治愈，也有人会经常翻看我好几天前的朋友圈点赞、留言，有女装店店主主动找我说为我提供出镜服装……

何炅在《舞蹈风暴》里说："热爱没有目的，热爱本身就是目的地。"只有全身投入在热爱里的人才会懂得，遇到一个全新的自己时的喜极而泣、通透释怀——一个更好的我、全新的我，一个闪闪发光的人，因为热爱，如约而来，那是热爱攒下的福祉，庇佑所向披靡，恩泽未来可期……

泸沽湖

陈希茜

2009年去云南的时候,未去成泸沽湖,留下这样一个念想,没想到十多年后才终于成行。

纳西族摩梭语中泸为"山沟",沽为"里"的意思,所以泸沽湖意为山沟里的湖。我们从宁蒗机场乘坐大巴车约一个小时到大落水客运站,再换乘小车三十分钟才辗转到达。车辆在群山中蜿蜒,风景在车窗后倾泻,在树影的间隙中泸沽湖静默地现出她温婉的容颜,不动声色却撩人心弦。

来到泸沽湖,可以在纳西村落里走走停停,可以去里格半岛的观景台俯瞰全景,去女神湾看日落,去草海见证摩梭男女永恒的爱情,晚上再去参加一场篝火晚会,或是去人烟稀少的湖边融进灿烂的星空。但我最难忘的还是坐猪槽船的体验——所谓"猪槽船",就是两头削尖的宛如长长的猪槽的小船,是祖辈们出行的交通工具。时空流转,坐猪槽船成为来泸沽湖必须拥有的体验之一。

那天傍晚时分，涌动的人流散去，我们是最后一拨乘坐猪槽船的客人，四下寂静，唯桨橹声、水声、吱嘎船声，倾听纯粹自然的声音，人很容易进入物我两忘的境地，不只是身体与自然的连接，更是心灵的涤荡。

天色逐渐暗淡下来，泸沽湖深深浅浅的蓝色在眼前铺陈开来，似展开的山水长卷，远处是层峦青山，近处天光云影。小时候读张岱的《湖心亭看雪》，觉得"雾凇沆砀，天与云与山与水，上下一白。湖上影子，惟长堤一痕、湖心亭一点、与余舟一芥，舟中人两三粒而已。"特别美，幽静深邃、广袤寂寥，那幅画面深深刻在脑海中。此刻落座于船上的我们，眼前正是这种画面，天地苍茫，而人类渺小，唯有感叹天地有大美而不言。

在这个喧嚣浮华的时代里，能够用上几个小时在湖面上飘荡着把步调放慢是一件奢侈的事情，让人回到《诗经》的年代，在农业社会里体悟从春到秋、从晨曦到夜幕，日色变得很慢很慢。如果从遥远的高空俯瞰下去，此时置于电影长镜头里的一叶扁舟，仿佛是虚无之境里的我们生命的另一种参照，是对于自然原野的怀念与乡愁，是对农业美学的回溯与追寻。

我想起有年初冬时节去白洋淀，摇桨的老师傅划了五六十年的船。在划船的声响里，在水面泛起的涟漪里，在芦苇丛深处，在波光粼粼的光影里，在惊起的白鹭里，一晃一辈子就过去了。他就像贾樟柯电影里那些小人物，在大的时代语境中个人的命运是那样微不足道。贾导在《贾想》一书中这样写过："不知从哪一天起，总有一些东西让我激动不已。无论是天光将暗时街头拥挤的人流，还是阳光出照时小吃摊冒出的白汽，都让我感到一种真实的存在。"

这些真实的存在，往往更能让人体会到什么是活着，什么是生命。

在每个人将目光朝向辉煌与成就，在尘世中随波逐流时，希望我们可以慢一点、再慢一点，去看向那些来时的遥远的路，那些灯火阑珊处本质的生活和热情，那些根植在灵魂深处的淳朴与善良。

当时只道是寻常

胡艳芳

  此情可待成追忆，只是当时已惘然！—— 题记

  太多的遗憾是我拼命想要弥补的，可终究是错过了！郁积的悔恨如磐石般沉重地压在心头。
  病中的父亲回家过春节，我去看护，早上睡到自然醒，吃过饭我才去往父母家，父亲靠着被子枕头，斜倚着身子，半眯着眼睛，闭目养神，见我进来微笑着问我："冷不？吃饭没？"一如往常的亲切宽厚。
  阴沉的天空突然飘起大团的雪花，QQ上不时传来好友的惊喜，我也忍不住走到窗前观看壮观的雪景，听她们不亦乐乎地谈论：谢娘柳絮味，梨花意境美，晶莹的身，玲珑的心，飘逸的舞姿随风飞……有友便约：一起踏雪寻梅，可好？我裹了围巾，戴上手套，走向小桥流水的河岸。仰着脸，任雪花肆意凌乱长发，听雪，赏雪，读雪，看雪花点缀寂寥的冬景。听友吟"待到山花烂漫时，她在丛中笑"，我也在想：春暖花

开病好时，赠医妙手回春旗！

　　我沉浸在雪的世界，却刚才忘了问父亲晚上能不能躺下睡、睡得好不好，这样半躺半坐多久了、有没有不舒服、需要不需要活动活动筋骨……我照看父亲，却没给父亲与我交流的机会，甚至一去无影踪，父亲心里该是何等凄凉？！昔日缠在父亲身边仰视崇拜的小女孩如雪化成的水一去不返了，望着窗外雪花，父亲有没有归来不是的失望？贪玩的我、愚笨的我怎么就没设身处地替父亲想呢？

　　犹记得二十多年前那个飘雪的夜晚，我一再强调真的不冷，可父亲还是冒着风雪来给我送新做的厚棉被，车坏在回去的半路，在通信不便的岁月，舒适地安眠在温暖被窝的我，真的无法想象父亲如何独自奔走在那个漫天飞雪的深夜，如何满脸诚恳又狼狈地叩开修车人的大门，如何用神力移走那笨重难行的车……这些一直是我心头解不开的谜。

　　更不能忘记外地求学时两周一回家，父亲不管严寒酷暑，在站牌下伫立成一道风景；仍记得雨后泥泞的乡间土路上，父亲左肩挎着装满衣物食品的鼓囊囊的大布包，右肩扛着沉重的自行车，一步一滑艰难行走……

　　好想再听你温言细语，指点迷津；好想再与你桌前把饭言欢，共享天伦；好想再听你叮咛嘱咐，安慰鼓励；好想再摸你宽厚手掌，依偎你坚强臂膀；好想再蜷缩在你温暖的羽翼下，享受被呵护的幸福；好想像儿时一样每天盼你带回意外的甜蜜与惊喜；好想吃你从兜里掏出来的金灿灿的羊奶橘，或口齿生香的香椿，或翠绿鲜嫩的时令蔬菜，或变着花样做的各种小吃……

　　一次次梦中哭醒，我才真真切切明白"子欲养而亲不待"的痛苦。读了《天使与老人》，我才觉得自己像魔鬼，没有让病中父亲感受"小棉袄"的温暖，反而凉薄了他一向默默付出的心。

　　他们说我有点像你，我知道我远不如你的万分之一，你俊朗清爽的模样，吃苦耐劳、与人为善的品行，坚强坚忍的性格，是我永远仰望却不可企及的高度！

我很自豪我身上流淌着你的血液，你已根植融入我的血脉。我常想，你一定躲在晨曦里，藏在路灯里，深情地凝望、关注着我，因为我是最让你牵挂、最让你不放心的那一个……

后来读到一段话："一棵大树，夏日给了你阴凉，秋天给了你果实。一天，你要用木料，把大树砍了，只留下光秃秃的树桩。又一日，你要生火，没有干柴，树根说，把我刨出晒干。"读到此，内心更是自责羞愧。雪去了，还会再来，可是，我的父亲，坚强伟岸的父亲，却再也回不来了。

那是一道我不敢面对的疤痕，里面掩埋着我的无知、愚笨、自私、不孝……不堪回首的往事，时时警醒自己要善待、珍惜亲人。父母对儿女的爱是百分之百，而儿女对父母的回报往往不及百分之一，想要悔过，却无从弥补！

人啊，总是在失去后才懂得珍惜曾经的拥有，流年有意，岁月无情，珍惜父母健在的时光，不要让人生再有遗憾！

小夏天

梅月帆

绿树阴浓夏日长。忽而今夏,与夏天两厢邂逅,每个夏天都动人情怀。

三浦紫苑在《假如岁月足够长》中说:"获得幸福的秘密,是与时间坦然相处。"夏天,树上的叶子深深地绿了,我也在夏天迎来一次又一次的成长。

十八岁那年,空气炙热,外面蝉鸣、鸟叫,它们都是那么的不安分,不知疲倦,教室里却是一片安静,大家都各自忙着备考,没有一个人有心思去玩闹,然而那时候的我总觉得自己内心是倦了的,后来我以为是怯懦,再后来我觉得只是心情。

那时,或许我还没有明白落榜的意义,没有意识到自己离开学校将何去何从,将如何在这个社会上生存,我只是清楚地知道我没有为了自己的未来好好去努力一场。

不出意料,成绩出来后,我没有考上大学,当然,我也没有失声痛哭，不过有那么一瞬间却觉得自己长大了，我明白了有些苦涩需要自己一个人去品尝，尝过了方知其中滋味。那个夏天，没有小裙子，没有冰镇西瓜，没有梅子酒，什么都没有，就连眼泪都是留在心底的，谁都不知道。

我该原谅自己，没有人生来喜欢千军万马过独木桥的压抑；我该接受自己，没有人生来强大；我该感谢自己，人生有了那样一场独自成长的经历。

如果脆弱的东西易逝，那就拼尽全力变得强大，像夏天一样，盛大安静，蓄着满满的能量，立于岁月，就那样，我喜欢上了一个人的夏天。

不想有人闯入我的夏天，我期待一个人与夏天的奇遇，比如发现了一片有破洞的叶子，一颗掉落在绿荫道上的青色果子，一件不知道挂在谁家阳台上的白衬衣……我喜欢出现在生命中的这些小确幸，它们都在治愈着我，想必也治愈着与我一样的人。

后来，我复读一年，考上了省内一所大学。再后来，我大学毕业了，又告别了学生这个身份，步入社会参加了工作。在一个夏天，我又遇到了人生中的小麻烦，心里特想辞去这份工作。

于是，我打开微信，找了我很信任但是从未见过一面的"村长叔叔"，我开始向他倾诉，说明了不想再干下去的原因，其实我内心并不是真的要寻求指导与帮助，我怎么会不知道自己身后毫无退路呢？我只是需要一个人的倾听与理解，这个人不会去用各种大道理规劝你，也不会嘲笑你，然而他会帮助你看清你的内心，印证你的想法。

"万千心语，谁知其详？唯尔寂静，轻声永传。"我想在夏天"微喜、微晃、微微苏醒"，不必理会谁，进入简媜笔下的飘荡程序。在夏天干关于夏天的那些小事儿，如收集夏天温热的阳光，看一朵云自在行走，或是在晚上九十点去路边小摊儿吃美味的烧烤，用相机记录小清新风格的夏天。

在夏天学会与生命中的不确定安然共处，坚持留在即使看起来并不太好的当下，自由、豁达、尽情地活下去。

帕米尔，人间一方净土

—荷—

　　夜未央，无事翻看相册，指尖慢慢停留在一张和塔吉克女孩的合影上。女孩头戴红色毡帽，着一条红色裙子，脸蛋有着一抹高原红，眼神略带一丝胆怯和羞涩，但又透着一股纯净的真和善。

　　背景是新疆塔什库尔干塔吉克自治县的皑皑雪山。

　　塔什库尔干塔吉克自治县，这个西部边陲的神奇县城，与三个国家相邻，不但拥有海拔7546米的"冰山之父"慕士塔格峰，还拥有世界第二高的乔戈里峰。

　　塔县成立20周年时，我们应邀前去，同行的还有一位中央美院的女画家。

　　因晕车，在我看来沿途的自然风光显得落寞、孤寂。公路两边只是些沙包、戈壁，还有稀疏的一些树木。而坐在我身边的画家却异常兴奋，瞪着两只眼睛，目不转睛地趴在窗户上，生怕错过哪怕一秒的景色。

　　突然，她大声地说："快看快看，那一片海多像凡·高笔下的油画。"

我睁大了眼睛四处张望，哪里有海呀？眺望远处，却立马一怔，那连片沙丘在阳光的映射下，宛如一望无际的海。远处巍峨壮观的慕士塔格峰也映入眼帘，那一刻心跳加速，湛蓝天幕下，她似一位女神，身披白月光，静静地矗立在远方。

雪山脚下，一望无际的草原上野花随风摇曳。远处的羊群如一朵朵白云，镶在草原上。牧民的毡房若隐若现，放牧的哈萨克女孩骑一匹棕色骏马，身穿一身红色裙子，头戴花帽，穿梭在羊群间。

心被浸染了，无一丝尘埃。

到达县城天色渐晚，我和画家稍做休整，就来到了城北。这是一座著名的古城遗址。城堡建在高丘上，形势极为险峻。城外建有多层或断或续的城垣，隔墙之间石丘重叠，乱石成堆，构成独特的石头城风光。此处荒凉僻静，空气中都是静寂味。

汉代时，这里是西城三十六国之一的蒲犁国王城。光绪二十八年，清朝在此建立蒲犁厅。

身处石头城，落日余晖下的旧城遗址更显得苍凉与凝重。悲怆或豪壮的石头城，血液、肌肉和筋骨虽然早已凝固，但它依旧屹立在雪山之下、草滩和河流之旁，向我们默默地诉说着它曾经的故事……

"大漠孤烟直，长河落日圆。"读于维的诗句，总是带给人空灵般幽静之感。但这一句让我们看到了塞外边疆奇特壮丽的自然风光，画面开阔，意境雄浑。一个"圆"字，让我们内心少了落寞，多了亲切、温暖感。

我三上帕米尔，每次去都会有不一样的感觉。

记得著名画家燕娅娅和塔县的不解之缘。

偶然的机会，燕娅娅去了帕米尔高原，被那里灿烂的阳光、淳朴的民风所吸引，被那蕴含着生命力的自然色彩和变化无穷的自然之光永恒地震慑住了。身为一名画家，每次来帕米尔高原，与其说是写生，不如说是灵魂的自我救赎和净化。

一次，她和姐姐跟随武警战士走进帕米尔高原大山深处，她们长途跋涉了三天，进入海拔5000多米的高地，看到了一个与世隔绝的塔吉克族牧民小屋。

屋里住着一对夫妻和两个女孩子，男女主人老实憨厚，两个半大女儿见人就害羞地躲起来了，女主人忙着招待客人。在吃馕、喝奶茶时女主人开始铺床。因为高原反应，大家都迷迷糊糊躺下了。等一觉醒来，下意识看了一下炕，却不见这户人家的姐妹俩。起床借着熹微的晨光，在屋后羊圈中，她找见了露宿的姐妹俩。妹妹头枕在姐姐身上，怀里抱着小羊取暖。

这种震撼不言而喻。

她从塔吉克族人身上痛彻地感受到自我灵魂的卑微。每次来到帕米尔，都有一种朝圣的感觉。在无数个感动的温暖瞬间里，笔下的每一个人物脸上都注有一道光，这是帕米尔的灵魂，象征着这个民族的热情、阳光。

尤其是和塔吉克老奶奶——那个她堪称女神的尼沙汗奶奶的故事，每读一次都让我感动得潸然泪下。

塔吉克的民族认同感，高于生活在繁华与浮躁社会中的群体。这份纯净不是孩童与生俱来的天真，而是在经历了诸多磨炼之后，还能保持的本真。塔吉克族女性的美不带一丝杂质，她们的肢体语言像是未经雕琢的璞玉，充满生活的气息。

夜缓缓袭来，有了凉意。静静坐在乱石上，任凭星光拍打着，风声呼唤着，也不肯离开。美女画家说，她很喜欢这儿的一草一木，一山一水让人放下繁杂，忘却尘世的喧嚣，毫无掩饰地做最真的自己。虽然迄今只来过一次，但早已产生了一种无法言喻的情感。

合上相册一直在回忆，当初一起去塔县采风的画家，是不是著名画家燕娅娅呢？时间太久，早已失去联系。我努力回想着，回想着塔县的一幕幕。如果用一个词来形容塔县，可以用"素白"二字；如果给塔县画一幅作品，色调便是"水墨"。

美丽壮观的帕米尔，孕育出淳朴善良的塔吉克人。虽然在交流时语言不通，但他们从心底流露出来的笑容，让人会放下所有的面具，简单淡然。

有机会一定再去塔县，去看看沧桑厚重的石头城，看看巍峨壮美的雪山，看看毡房的姐妹……

回不去的少年时代

李银

时间的车轮缓缓向前永不停歇。我仿佛在梦中睡了一个长觉,我的人生车轮将滚入不惑之年。在生活的琐碎里,在柴米油盐的压力下,在邻里长短与人际关系的复杂里,我时常回望,追寻过去简单而美好的少年时代……

此刻我又饮着回忆这杯美酒,穿越时光的隧道,神游在我那美好的中学时代……

这一天早上,早操完毕,正是晨读的时间。班主任李老师背着双手出现在教室门口,同学们立刻装模作样大声地朗读起来。几个调皮的男同学最为特别,声音装腔作调,像波浪此起彼伏,老师一听就拍着桌子叫道:"静下来!读书是读给我听的吗?"教室里立刻安静了下来。接着老师又语重心长地教育我们:"能读书是幸福的事,学到了知识才能走出去,不要像你们的父辈那样……"

"面朝黄土背朝天……"我在下面把老师的话接了上来,同学们都笑了。

"懂了就好，读书吧。"老师挥了挥手，有点不悦。他从讲台上走了下来，背着手从我们每个人身边来回走过。

我紧张极了，感觉自己惹恼了老师，竖起语文课本认真读了起来，再也不敢抬头看老师。

那时，懵懂无知的我哪里懂得老师的语重心长啊！现在，那几句话却成为我用来教育孩子的范语。

上午有四节课，每次上完第二节课时，我们便饿得晕头转向。一些不上班的教师家属便抓住机遇做些包子卖给我们。那时家里穷，父亲每个礼拜总会给我三块钱交早餐费，但却没有多余的钱给我买包子吃，于是米就成了我用来交换包子的"银票"了。三斤米十张餐票（餐票是用硬纸皮剪成，一小块一小块的，上面用印泥印上老板的名字）。一张餐票顶三毛钱，可以买一个包子——包子三毛钱一个，用现金五毛钱可以买两个；若要换两个包子就得用两张早餐票，我常常心疼不能像使用现金那样可以节省一毛钱，感到吃亏。但是那时我吃着用米换来的包子却是非常满足。因为父母亲总是那么勤劳，家里的米缸从来不缺米。

中午放学后，由值日生到饭堂把饭扛回来。我们就着从自家带来的豆子或咸菜下饭，谁的菜不够吃，或是谁蒸了番薯芋头土豆的都会分着吃。同学们之间的友谊简单而又弥足珍贵。吃腻了，我也会用餐票到师娘那里加两片薄薄的五花肉。那时大家都这么吃食，抑或是自己青春年少，在父母的养育和保护下无忧无虑，却从来不觉得生活有多么艰难。

晚上自修课，我们安安静静地在教室里写作业。有时会为一道题绞尽脑汁地去想，有时也会为一篇作文没有思路而烦恼。记得那一晚，我在构思一篇作文。窗外一轮满月正冉冉升起，皎洁的月光如水一般从天上泻下，我靠着窗台看得如痴如醉，忽然灵感涌来，写下作文开头："月亮啊，月亮啊，你为什么老是那么圆，老是那么美，为什么老是不变呢？"文章最终被老师当范文在班上几次朗读，说我这样的开头写得非常诗意，创造出不一般的意境，同学们可以学习借鉴。我兴奋得连着几天都"飘飘然"，就在那时心里便有了一个美丽的文学梦。

那时我们都在学校住宿。宿舍是闲置的旧瓦房教室。宽敞的教室里挤挤挨挨地挤满了床铺。床把窗子都挡住了，宿舍显得拥挤而昏暗。现在想来不免有种压抑的感觉，但是那时却是最好的条件了。晚上下了自习，我们躺在宿舍，谈谈理想，聊聊心中的偶像、明星，也聊着新交的笔友，把信封藏在枕头底下，把秘密放在心底，悄悄地编织着少女的梦……

"哇——"孩子的哭声把我从回忆的梦里拉了回来。突然间，一种怅惘之感把我包围：唉，这一段美好的岁月一去不复返了。在成人的世界里，我们除了为柴米油盐奔波，还要学会圆滑地处理复杂的人际关系，在工作与家庭中努力去平衡。夜深人静时，躺在床上有时总不免身心疲惫。

啊，那美好的少年时光，它像一坛陈年老酒，常常把我醉倒不愿醒来，我永远怀念那段青葱岁月里，那种青春懵懂、满怀理想和不谙世事的无忧无虑。永远回不去的少年时代，我永远把你珍藏在心中，珍藏在岁月里，酿成一壶酒，在我感到身心疲惫时再把它倒出来，梦一场。然后把一些烦恼甩掉，乐观地去迎接未来的日子！

美，既是眼睛看，也是耳朵听的

颜英

我工作在一个美丽的南方城市，这里的气候四季如春，人们的生活节奏不快不慢，很适合我。

我是这个城市的市级艺术中心的一名客户经理，每年艺术中心组织很多的大型文艺活动，我在美的世界里忙并快乐着。

当我拿到新一年的元旦文艺晚会节目单时，不禁赞叹节目太精彩了，有世界非遗产物的瑶族歌舞，还有我喜欢的情景剧《我爱的家》，这次一定是个精彩的艺术盛宴。

"丁零零……"电话响了。

"您好，艺术中心，请问有什么需要帮助吗？"

电话是一位姓邹的老师打来的，她希望在第二天晚上的元旦晚会得到帮助以早些入场，因为她要组织20个小学生观看晚会。

一般情况下，观众是提前半个小时入场的，听到她想提前一个小时的要求，我觉得有点诧异，但还是爽快地答应了。

第二天的晚上 7 点,我准时来到了艺术中心大厅,看到有 20 个小学生整整齐齐地列队等候入场,那位站在队列前面的女老师应该就是邹老师了,我朝她走去。

邹老师对我歉意一笑:"我们的孩子多,动作会慢一点儿,只有提前入场才不会打扰大家的入场秩序。"

我与邹老师领着孩子们入场,这时我才发现这些孩子与其他孩子有点不一样,孩子们是静悄悄地列队行走的,彼此之间没有叽叽喳喳地打闹,但是他们的笑容是灿烂欢快的。

走在队列的第一个孩子是大男孩,他的五官很精致,粉红的皮肤,明亮的眼睛,他组织着后面的孩子依次排序走动着,他不讲话,只是用手势指挥着队列。队列的第三个孩子稍微走偏了一点,他侧过身子轻轻地把第三个孩子拉回队列,这时,我才发现第三个孩子的视力好像极不好。

邹老师注意到我诧异的眼神,对我轻声说:"给您添麻烦了。"

这时,我才理解邹老师让孩子们提前一个小时入场是有原因的,她担心孩子们行动的不便会对其他观众造成干扰。那个大男孩,走在队列的第一个,他的眼神明亮,不同的是,他说话的发音不及正常孩子清晰,似是失聪的孩子。坐在他旁边的齐刘海女孩,情况也是一样。咦,队列的第三个、第五个孩子,什么时候悄悄地戴上了墨镜。原来,这些孩子们中有失聪的,也有失明的,他们怎么观看元旦文艺晚会呢,我对他们多了一份关注和关心。

演出开始了,第一个节目就是瑶族歌舞,随着"嘭"一声鼓声响起,男女歌舞表演者同声高歌,鼓、歌、舞交织一体,场面欢快、热烈,台下的观众被感染着,双手合着节拍打节奏,邹老师的孩子们脸上笼罩着幸福的光芒。

普通孩子观看演出会兴奋地交头接耳,而他们是精力高度集中,沉浸在自己的世界里。那个大男孩和齐刘海女孩，眼睛随着律动旋律，跳跃着自己的欢快舞蹈；那几个戴上墨镜的孩子，听觉特别敏锐，随着鼓声，拍着腿面打节奏，身体随着节拍摇动。

原来，他们也可以欣赏演出陶醉于艺术。我为自己之前对他们的偏见感到惭愧。

演出非常成功，赢得了阵阵的热烈掌声，这20个孩子在台下兴高采烈，十分开心。邹老师悄悄地对我说："美，既是眼睛看的，也是耳朵听的。美，在每个人心中。"

韭菜

李银

韭菜是一种极易种植且味道鲜美的蔬菜。

你只需在春天播下一些韭菜种子，只要有阳光、水和养分，便能收获年复一年的希望。韭菜也可以挖根种植。只要有泥土，你种上去，浇点水，不几天便能发芽。收割韭菜时，你用镰刀从根部割去，不用多久，在割的地方便冒出新芽来，嫩嫩的，绿得闪亮，透着一股对生命的执着与顽强！如此这样，一年又一年，有割不完的韭菜。

我喜欢韭菜，因为它从不挑季节生长，不管春夏秋冬，严寒酷暑，任它风吹雨打花开花落，韭菜依然一茬一茬地自顾生长着，像好姐妹簇拥在一起，相依相偎，一年四季，绿得耀眼，绿得生动。最难得的是在深秋、寒冬两季，当一切的瓜果蔬菜都被霜打得蔫蔫的，韭菜依然郁郁葱葱，纤细的长叶子像兰花叶子，在寒风中摇曳生姿，绿莹莹的，让人心生怜爱。人们常赞扬小草"野火烧不尽，春风吹又生"的柔韧生命力，但我总认为韭菜的生命力是最旺盛的，有诗这样形容韭菜："绿绿青青壮壮苗，长长细细水浇浇。尖尖动动天天钻……"从这里便可以看出韭菜旺盛的生命力。

　　割韭菜也是一件极其幸福的事情。挎上菜篮，拿着镰刀，抓住一茬韭菜，"唰"的一下，一股独特的浓郁香味便随着微风沁入鼻孔里，我情不自禁用力地嗅着，便幻想着韭菜饺子、韭菜包子、韭菜炒蛋、韭菜汤、韭菜烙饼……仿佛这么丰盛的食物都摆在我的面前，让我吃个够，吃个满足。

　　韭菜清甜可口，伴着一种特别的韭菜香，无论是清炒，或与蛋一起炒成菜，或做成汤，抑或作为点心馅，它都非常受人们欢迎。韭菜包子、韭菜饺子、韭菜烙饼，既是点心又是主食，呈现在人们一日三餐的饭食里。在路边的小食摊上，你总会看到被串成一串串的韭菜。下班经过，我常常会烤一两串韭菜边走边吃，不仅解解馋，还消除了一天工作的劳累，异常惬意。

　　小时候家里穷，肉自然是很少吃的。在平常的日子里，若是有了韭菜便不觉得饭食有多单薄。母亲把割回来的韭菜洗好切好，为我们准备丰富的韭菜盛宴——除了韭菜炒蛋、韭菜鸡蛋汤、韭菜饺子，还有香气四溢的韭菜烙饼。

　　母亲把面粉和水按一定的比例拌匀，打上几个鸡蛋，撒入切好的韭菜，再调上盐、花生油、酱油搅匀，就可以放锅里烙了。她常常赶我们走，怕我们弄坏了她的面。但她又怎能阻止得了孩子们对食物的盼切呢？我们七手八脚抢着帮忙，搞得满脸满身都是面粉，乐在其中，同时幸福而焦急地等待韭菜烙饼的出炉。当第一盘韭菜烙饼一上桌，看着金黄色的烙饼上点缀着一段段绿色，还有几点似焦非焦的颜色，看起来是那么和谐漂亮。满屋子洋溢着浓郁的香味飘散出来，便立刻吸引着我们从院子外面跑进来，迫不及待，抓一块，两块，三块……吃个精光，吃得津津有味，一种"夜雨剪春韭，新炊间黄粱"的幸福意境便弥散开来，其乐无穷。

很多人不喜欢韭菜的重味儿，而我偏偏喜欢吃完韭菜后的唇齿留香，那不但是一种饱饭后的满足，还是一种余味无穷的幸福。

小时候，每次妈妈去赶集都问我要什么，我每次都回答说我要韭菜馅的包子。母亲就疼爱地捏捏我的鼻子说："就爱吃韭菜馅的包子。"

是啊，我为什么不像别的小朋友那样要个布娃娃、一件漂亮的衣服或者一个漂亮的发夹呢？因为那时家里穷，那些填饱肚子以外的东西有点像缥缈的海市蜃楼，不太现实。我觉得只有吃进肚子的东西，那久久的满足和幸福感才能让人回味无穷和反复咀嚼。在食物匮乏的童年，我与韭菜便产生了这种"患难之交"般的感情。

我喜欢韭菜，韭菜就是给足我这种美妙幸福的食物！我喜欢韭菜，又因为它旺盛坚韧的生命力，无论是酷暑还是严寒，都有它柔软嫩绿的身姿，割了又长天天钻得勃勃生机，给人无限希望。我喜欢韭菜！

我们也要像韭菜一样，不论寒来暑往，不论气候环境的变化，也不论艰难困苦，对生活始终有一股韧性，天天乐观向上，以一颗热情的心对待生活。

心有热爱，保持自我，走向生命的大美

梅月帆

我们心中都有一个独立的自我，这是毫无疑问的一件事。这个独立的自我，它会观照我们的一生。

也许是命中注定的缘分，我毫无缘由地喜欢上了小森林，也喜欢上了周身具有森林气息的人。森林里植物种类繁多，空气自由清新，静谧的环境也许可以让人发上一整天的呆，岁月那样安静，森林荣枯随缘，一切都美得自然，美得无声，不过让人觉得惋叹的是，那些具有森林气息的人实属罕见。

我却是极其幸运地遇见了。她就是我的欧绣老师。

去岁盛夏，我得遇这样一份相当美好的缘分，不仅学习了一段时间的欧绣，还遇见了那个素到极致，雅到极致，静到极致的人。欧绣的精致在于朴素、简单，于自然之中流露出大美，生活中见到的一朵野花、森林里的一片叶子、一只贪吃的小松鼠……就那样被精致地被绣在衣服上、手帕上、帽子上……一针一线，静静诉说着岁月深处的故事。

刺绣时，我喜欢放一首舒缓的歌曲，安安静静，心无杂念地绣上一下午；我喜欢看着自己绣得还相当"丑"的绣品，满心感动；我喜欢绣线穿过针孔、剪刀剪断绣线的美好感觉；我喜欢我那把古色古香的剪刀，它上面有一只可爱的燕子。欧绣让人的心变得很静很静，有"人闲桂花落"的意趣，这极有意思。

欧绣极美，欧绣老师人也极美，她是少见的具有森林气息的人，她的心里有她自己的一座森林，在那里，只有她自己一个人安静地绣着一件件美妙的绣品，绣到寒来暑往、地老天荒，没有任何人与事可以惊扰到她。我喜欢刺绣是很久了，爱上欧绣却全是因为她，以前的我喜欢那些花纹繁复的中国刺绣，惊叹其技艺精湛，美妙绝伦，时至今日，突然发现它早已不足以惊动我的岁月，我已经深深喜欢上了那种简单雅致的绣品。

人终究是要越活越简单，越活越素雅。远离了以前那些灯红酒绿的喧嚣，如今的我迷恋上了书法，时不时地摆弄摆弄乐器，玩着自己钟爱的摄影，兴致来时全身心投入欧绣，也算是闲来弄风雅。我将用一生来热爱它们，它们也将会是我一生的朋友。爱是陪一个人走过漫长岁月，我知它们皆爱我，我对我的这些好朋友们有着大欢喜。

不爱去人多的地方，不喜与人过多"废话"，总觉得自己知识匮乏，因此常常自卑。我希望将有限的生命用在学习上，或是用在能让我满心愉悦的事上。

我心里对于我自己该干什么有着清醒的认知，我不喜欢那些老是热衷于"安排"我人生的人，他们该是觉得自己是个"智者"，总喜欢在我耳旁聒噪："你到了这个年龄段该找对象了""你该结婚了"……对于这些"善意"的提醒我总是保持沉默不语。

人必须保持自我，保持自我也可说是"我为了我"，我为了我成为更好的自己。这样的人有独特的质感，与千千万万人不一样，也不愿意一样，这样的人，生命从不会腐朽。

清少纳言在《枕草子》中写道:"洗头，化妆，穿上浸满香气的衣裳，即使在没人看见的地方，心中也十分快活。"从不取悦别人，只求悦己悦心，我愿在无人处悄悄绽放，我愿修得灵魂有香气。

于日升月落、四季轮回之间感悟生命的大美，我为我心有热爱、敢于保持自我而感动得热泪盈眶，我深知，我在走向生命的大美!

一生只够爱一人

龙姵岑

在这个爱情物化的时代，有些人似乎已经不再相信它的存在，在我心里，爱情那神圣的光环也落了一层世俗的灰尘。

比如说，最近的前世界首富比尔·盖茨离婚事件，盖茨和自己相濡以沫、并肩 27 年的妻子梅琳达离婚了，这对夫妇堪称婚姻模范。他们的离婚一经报道，全球网友都感到不可思议，更有网友说再也不相信爱情了。

什么时候我们不再相信爱情了？什么时候爱情都变成奢侈品了？

在物欲横流的时代，爱情却是稀有物，特别是一生只爱一个人的爱情，更成了奢侈品。

如今，爱情也有了保质期，比如说七年之痒。

就如王家卫的电影《重庆森林》里金城武饰演的阿武所说："不知道从什么时候开始，在什么东西上都有一个日期，秋刀鱼会过期，肉罐头会过期，连保鲜纸都会过期，在这个世界上，还有什么是不会过期的？"

然而，当我听了外曾祖母的爱情故事后，我又开始相信爱情了。

听奶奶说，外曾祖母至死都在等着外曾祖父，甚至是死不瞑目。那双不瞑目的双眼最后是奶奶帮忙合拢的。我想那双不甘瞑目的双眼至死还在等待着她的心上人吧。

让我想起了木心的《从前慢》，"从前的日色变得慢，车马邮件都慢。一生只够爱一个人。"

外曾祖母就于一生只爱一个人。

外曾祖母是1912年出生，19岁时，经媒人介绍嫁给了温文儒雅、年轻有为的外曾祖父。

两人是一见钟情，互生欢喜，而后喜结良缘。

外曾祖母20岁时生下了我奶奶，从此，男主外女主内，外曾祖父在外做差事，外曾祖母在家操持。当时一个家庭多是七八个小孩，而奶奶却是独生女，原因便是外曾祖父常年在外。

外曾祖母是一个被人津津乐道的人。她落落大方，贤良淑德，待人接物大方得体，为人处世非常有智慧；她穿着打扮非常讲究，鬓发总是梳得一丝不苟，衣服鞋子永远是干干净净的。

我外曾祖父，一表人才，风度翩翩，是方圆十里唯一的"秀才"，百里挑一的文化人。他有一颗善心，经常帮助乡亲们——帮别人读来信，或者写回信。他还一心想要建设好自己的家乡，还为此画过设计图。

那个温饱都成问题的年代，人们对读书一点都不重视，因为读书不能当饭吃。

而我的外曾祖父有远大志向，他嗜书如命，努力刻苦，通过考试进入国民政府当了一名文官，还有秘书跟从。

印象中，我奶奶经常叹息说她小时候就命苦啊，她爸爸在她一岁时就去南京赶考，把她母女俩就留在家中相依为命，只有书信寄来。

但1937年南京大屠杀起，外曾祖父就没有往老家寄信件了，后来就再也没有了音信，家人就猜测是因为反抗日军牺牲了吧。

奶奶讲这话时有些许自豪，有些许遗憾。

外曾祖母一直等待着杳无音信的丈夫，坚信丈夫总有一天会回来，不听任何人的劝告，也不改嫁，她认为没有一个人能够比得上自己的丈夫。一直痴痴地等待着，直到83岁时去世。

她总对劝她的人说，有好相貌的没有她丈夫那样有学识，有好学识的没有他那样的好相貌。真正做到了宁缺毋滥啊。

一名少妇从21岁直到83岁去世，跨越60多年的时空，一直等待着自己杳无音信的丈夫，这是何等的可贵？何等的痴情？何等的真挚感情？

外曾祖母当时身处动荡年代，物质匮乏，思想混沌，是怎样的毅力使她不顾他人眼光独自带一个孩子生活的？是怎样的魄力使她支持自己的丈夫去到约1090千米外的南京追求自己理想的？是怎么痴情地等待着自己的丈夫60多年直至去世的？

如今的单亲妈妈都非常不容易，更何况在那个缺衣少食、思想尚未开化的年代。

在那个衣服破了缝缝补补又三年的年代，在那个东西坏了修理修理又三年的年代，什么东西都非常珍贵，什么东西都不会被轻易丢弃。

在那个没有电话、手机的年代，联系全靠书信，等待书信的过程又那么漫长，等待的心却是那样期待与幸福。

其实，现在我们也能看到真挚的爱情，这份爱情藏在一针一线里，藏在一日三餐里，藏在一年四季里，只要我们用心去发现，用心去感知，就能发现。

看了《人生果实》这部纪录片，津端修一与津端英子夫妇的爱情故事，让网友们再一次相信爱情了。津端先生当时是90岁高龄，夫人英子也有87岁了。他们会把房间布置得美好而温馨，院子里栽了多达180棵果树，还在院子里种土豆、芦笋、柠檬、草莓等。

为什么修一英子夫妇能够打动大家的内心呢？首先夫妻俩相濡以沫几十载，而且非常会过日子，每天的生活都非常有烟火气息，非常舒坦，非常有情调。

一屋两人三餐四季的爱情，朝朝暮暮，相濡以沫，也是大家向往的"携子之手，与子偕老"的爱情。

但外曾祖母的爱情故事，却是另一种幸福：两情若是久长时，又岂在朝朝暮暮。

电影《大话西游》里至尊宝说："如果上天给我再来一次的机会，我会对那个女孩说三个字：我爱你。如果非要在这份爱上加上一个期限，我希望是……一万年。"

但饰演至尊宝的周星驰面对媒体采访时却说，一万年太长远，"两情若是久长时，又岂在朝朝暮暮"。

如张爱玲所言，你问我爱你值不值得，其实你应该知道，爱就是不问值不值得。

我想起了同是等待丈夫一辈子的池煜华，他们的感人故事被各大官方媒体报道过。

1929年新婚三天后池煜华丈夫离家参加革命，镜子是唯一的信物，1935年丈夫牺牲。收到烈士证后，她依旧在家等候70多年，直到生命最后一天。

池煜华老人就每天坐在大门的门槛等待，她家的门槛最终都被她坐凹陷了。深情与痴情，自家门槛做了见证。

池煜华老人的爱情故事和外曾祖母的爱情故事是那么相似，她们对于自己认定的爱情至死不渝。

世界上最远的距离，不是生与死的距离，而是我站在你面前，你却不知道我爱你；世界上最远的距离，不是站在你面前你却不知道我爱你，而是相爱的人却无法相见；世界上最远的距离，不是相爱的人无法相见，而是我依然爱你，你却不知所终。

现在我能明白外曾祖母为何会如此心甘情愿地等待着自己的爱人一辈子。

"黄花怜瘦影，鹧鹄待卿归。"念你一辈子也无妨，恋你一辈子也无悔，等你一辈子也无怨，只盼你，笑语嫣然，一世安好。

山河草木皆远方

李翠连

诗和远方常常让人觉得美好而遥不可及，在我看来，所有的念念不忘都是诗，而心念所指，即是远方。

远方有多远？梦有多远？是名山大川的气势磅礴，还是荒山寂林松风流泉，抑或只是小径幽深的一花一世界？

于我来说，都是。

我徒步走过尼泊尔的布恩山小环线，从平原到高山，海拔落差虽然会带来身体的不适，但同样带来不一样的感受。沿途景致绝佳，谷地、梯田、雪山、草甸、莽林和河流，一样都不少，纯净的喜马拉雅天空下，不远处矗立着安纳普尔纳雪山，海拔超过8000米的山峰壮美无言，它常常在你筋疲力尽地转过垭口一抬头时，远远地立于眼前，有如一种精神的召唤，白天的雪峰闪着幽蓝的光芒，神圣不可侵犯，夕阳下却镀上一层金光，灿灿若天堂。

我领略过大自然鬼斧神工雕刻的武陵山脉张家界地貌，集桂林之秀、黄山之奇、华山之险、泰山之雄于一体，千百年驻足于此，茕茕孑立，纤纤尖峰近在咫尺，仿佛探手可触，任人凭栏慨叹，可它又拒人千里，稳重而坚韧。列列诸峰立于眼前，横亘的山脉如巨大的屏障，格局严整地铺排开来，既让人有君临天下、傲视江山的揽月之慨，又让人有高处不胜寒的立锥之险，叫人惊奇赞叹之余，只觉自我的渺小微弱。面对巍峨险峻，只有静默相对才能体会这动人心魄的美丽。

我穿越过腾格里沙漠，荒芜的戈壁，泛白的盐碱地，贺兰山脉远远在望，连绵起伏的沙丘像美人背一样光滑柔软，如曼妙的舞曲旖旎，烈日下飘动着狂野的气息。大漠冷冽的风沙雕刻出起伏的岁月苍茫，风沙过后的晴朗星空，覆盖在茫茫大漠之上，一半深邃明朗，一半苍茫凄惶，谱写着历史的沧桑和悲壮，诉说着一代代江山的交替和存亡。

我曾潜入深海，在光影浮动的海底听着自己的呼吸声，清晰而有力；展开释放的四肢遨游，让人觉得无比自由，能随意浮走、翻腾。海底里七彩的珊瑚在岩石上绽开，小丑鱼在海藻里捉迷藏，海蛇在身下蜿蜒游走；有时偶遇鱼群，像风暴一样在身边环绕，你可以肆无忌惮地冲入鱼群，跟它们玩耍，看着它们不停地被冲散又重新聚拢，有规律得让你惊奇万分。

海底世界绚丽多彩，可是越往海底越幽深黑暗，恐惧随着暗流的涌动无声地蔓延，可是深海里更让人着迷，很多海底动植物在黑暗里可以自己发光，让你完全陷入了一个光怪陆离的世界，迷失在那一片黑暗和光影中。

人在旅途的每一步都敬畏地将这一切美好收藏于心，远方，在路上。

并非只有远行，才能感受那些美好的诗。山野松风的灵动，溪边田间的安闲，也是我常常要捕捉的风景。

周末常与老父亲相约步行进山里，或踏春，或访夏，寻找荒山小径里的野趣，寻找山水相逢的喜悦。

泉水叮咚，鸟儿欢唱，风吹过山谷，发出一声长吟，大山以它深沉的爱呼唤着我们。流泉响声不绝，时而急促地穿梭在乱石间，展示她的曼妙身姿；时而淙淙铮铮轻吟浅唱，绕着山石起舞，深情款款。一股小小的瀑布缓缓而下，溅起水花，像一朵硕大的莲花，开在平静的水面上，绽放的花瓣不断延伸，转入那山谷的另一端，在风声与松涛的和鸣下，奏响一曲高山流水。

沿着山泉小路而上，脚下怪石嶙峋，路旁的芦苇躲在大石背后，怯怯地探出头来偷窥我们这些不速之客；惊起的小鸟从林子里飞起，掠过我们头顶，在前方岩壁的老松树上若无其事地唱起歌来，歌声清越激昂，回荡在山间。

清风徐徐而来，带着百花香，掬一汪清泉畅饮，冰爽清甜瞬间在舌尖绽开，缓缓入肺腑、入心间，无言地抚慰岁月里留下的伤痕，让你的心不知不觉地柔软起来。人间百味不过如此，怎及一汪清泉能洗净心上的尘埃，浇灭了浮躁，滋养着心灵。

荒山野径里，一汪幽泉禅静，一声清鸣通曲，一阵风奏响大山的主旋律，松涛和鸣，流泉配乐，一山一水都是动人乐章，灵动活泼，生机盎然。

寻梦无须远行，远方在眼前。

倘若不能出门，小屋里也有草木，让我能安然徜徉在诗意中。

植几竿青竹，亭亭立于院子一角落，立一山石下旁，瘦石壁立，竹竿劲拔挺秀，生机勃勃里的气节高风便成了一幅郑燮的《竹石图》，古朴豪迈，风摇竹影生，月下更动情。

园中矮篱栅栅，雏菊依在脚下，清新可人；牵牛则早已爬了半墙高，紫色的花迎风摇曳，悠然自得；在门口的小路旁洒落花籽，春天一到来，门前小路便成了花径，每一步都通往梦中的花园。

窗下，陶罐里随手折来的枯枝，伴一枝野花正开得热烈，风吹帘动，拉出一弦禅韵古音；案前的老茶碗里，一团菖蒲青翠，绿意幽幽，伴新茶气息，悠然沁人心脾。

平凡岁月里，一食一味、一茶一盏里的光阴，都如此安逸美好。

一草一木皆诗意，远方在心上。

人生百态迂回婉转，每一段路都有意义，所有的经历，走过变迁，蹚过年年岁岁的人间烟火，终是不着痕迹地沉淀在岁月中。诗意和远方总在召唤着我们不断前行，只要葆有美好在心中，行有远方山河酣然入梦，坐有身旁草木随意欢喜，心中有诗意，远方无处不在。

半个秋天落下来

周雪凤

时光总是在四季的流转里过得那么快,光阴的故事我们总是来不及听。在这快节奏的生活里,一杯热茶都来不及喝就过了一整天,来不及感叹月亮又爬上了我们的窗台。

日历上画满了圈,有多少符号都来不及兑现。

"抱歉,我忘了。"

忘了与爱人约好的漫步海边看日落;忘了陪孩子在沙滩上挖一个快乐的小城堡;忘了周末去父母家的园子摘新鲜的蔬菜;忘了去朋友新开的画室里坐一坐。

直到有一天,与爱人的交谈只剩柴米油盐;早出晚归的你见到孩子时他已经睡了;父母家的园子里的蔬菜老了;朋友的画室又重新装修了。

下班走在回家的路上,深秋的街道那么安静,光影那么悠长,只有最后一家奶茶店还亮着灯。捧着热气腾腾的奶茶,走在回家的路上,秋风追赶着落叶,伤感,泪流满面,竟一口气喝完了大半杯奶茶。

抬头看着天空的繁星，希望远方的梦想近在咫尺，希望繁星化作诗的意象掉落在眼前，然后慢慢将它们捡起，拼凑成自己喜欢的诗句，微笑着说，生活不该仅限于眼前这车水马龙的喧嚣。

记得有一年的秋天，我自驾游从赤壁回来，路过一条长长的柏油马路，路两边的法国梧桐树美得像是刚从画家手中的颜料盒里走出来的一样。于是，我停下车，捡拾着这些法桐叶子，把它们装进车子的后备厢里带回家。我想，它们的归宿应该是属于我的阳台，而不是环卫工人的垃圾车。记不清捡了多久，像是在捡拾整个秋天，捡拾一秋天的收获，满心欢喜。收藏美的过程，总是让人忘记时间。慢一点，再慢一点，只有这时，才不想让时间被四舍五入而不着痕迹地逝去。

那天在回家的途中，车载音乐里添加了庄心妍的歌曲《带着梦想去旅行》，一路单曲循环："多久没看过，远空的繁星？多久没听过，花开的声音？每天像时钟，转动个不停，流逝着时光，重复着生命……"到底有多久？不知不觉，就是很久很久。

幸好那天，时光慢慢悠悠。脚踩在软软的梧桐叶上，夜光是柔软的，心是暖的，阳台也温柔起来。

等一等，去追寻岁月长河里那逐渐模糊的记忆，拥抱那些被轻描淡写的、藏在风里和躲在树叶下的温存。

等一等，去感受生活的细枝末节，也去制造最美好的浪漫、最浪漫的惊喜和最惊喜的意外，索性让日子沉淀下来，任它把时间的纹理慢慢抚平。

等一等，等待叮咚泉水缓缓汇集，等待青卷黄灯的长夜慢慢到来。给爱人倒杯红酒，一起畅想未来的画卷，让幸福的气息慢慢缭绕。为孩子编一个尽可能长一点的童话，让他枕着你的童话入眠，做梦也是笑的。给父母的电话，别那么快挂断，别让他们余音未落的一句"你忙吧"结束这久违的对话。

木心先生曾说："从前书信很慢，车马很远，一生只爱一个人。"读到这几行诗句，我们不免内心泛起涟漪，仿佛只想迫不及待地回到诗人所说的车、马、邮件都很慢的"从前"。也不至于听到《成都》的旋律，就想去成都的街头走一走，想象走到了玉林路的尽头，独自坐在了小酒馆的门口。

　　懒散俱乐部的创始人凯伯·欧伊华出版过一本书——《舒缓是美丽的》，这本书仿佛是一本全球慢速运动的概览，迅速成为当时的畅销书。作者说道："现在，越来越多的年轻人，开始意识到慢速其实也不错。"当我们处在加速度的工作节奏里时，怎能不对舒缓的美丽心生羡慕？

　　然而，环顾周遭我们会发现，生活中哪怕是最小的延缓都会让人们怒发冲冠。我们多么需要去感受凯伯眼中那一种舒缓的美丽！

　　等一等，好好地去喝杯茶吧，趁秋天才过一半，树叶还未落尽，梦想不远不近。和老朋友们通个电话，互相道好，告诉他们天凉了记得添衣。把爱通通揽入怀中，继续编织不必着急实现的梦想，依旧对美好生活欣然向往。

祖母纳的千层底

周雪凤

我很小的时候，祖母就已经很老了。大概我7岁时，她就已经快70岁了。

祖母的一双小脚，只有我7岁的脚那么大。那时我总以为是因为她的脚太小了走不太远，所以才从来没有走出过我们的村子。她脚上穿的鞋，是自己亲手纳的千层底布鞋。那些年，我们小辈脚上穿的鞋，很大一部分也都出自祖母之手。

千层底，因鞋底用白布裱成袼褙，多层叠起纳制而得名。千层底的手工制作工序，其实是很烦琐的。我曾见祖母先把几层白棉布用糨糊层层粘好，烘干成布板，算是打好了袼褙。接着她把袼褙裁剪成一片片鞋底，把包边后的八九层鞋底粘在一起，再用粗线把黏合后的鞋底沿四边缝合，再一针一针地，把鞋底填实。

祖母一丝不苟地把细线搓成粗绳，用它纳鞋底更牢固。针码密密麻麻排列有序，每缝一针都得用手勒紧。纳好的鞋底经热水浸泡及热闷后，再用铁锤槌平，使鞋底完全定型。

小时候，我嫌祖母做的黑色布鞋太单调了，不好看。于是，她便把做花布衣服省下来的边角料子缝在我的鞋面上，再用彩线打几个盘扣做装饰。有时，她见到好看的纽扣，也会攒下来预备着装饰我的鞋子。

每每穿上祖母缝制的新布鞋，心里自是满满的欢喜。可我也实在不忍心把白色的鞋底踩脏。祖母说："没事儿，只管大胆地走，稳稳地走吧。"我便稳稳地朝前走去。记忆里的千层底给我的童年带去了稳稳的幸福。

穿上新布鞋，我故意把裤腿边挽起来，鞋面上的小碎花在阳光下都活了，仿佛能闻到扑面而来的清香。小女孩爱美的心思悄悄地藏在千层底里。"丫头，谁给你做的鞋子？真好看！"邻居婶婶带着略显夸张的语气逗我。祖母在一旁"咯咯咯"地笑着，我的心里自然是美滋滋的。

我从小就喜欢黏着祖母，常常跟在她身后。后来上学了，每次放学回来，放下书包就往祖母屋里跑。有时候疯玩得晚了一些，忘记写作业，睡前突然记起来，却又害怕母亲责骂，于是我便找借口去祖母屋补作业。

她坐在床头纳鞋底，我坐在旁边的柜子旁写作业，我们都安静地各做各的事，谁也不打扰谁，直到她把手中那根长长的线全都纳进鞋底，方才打破这安静。索性我们都休息一会儿，我帮她穿针线，她讲个短小的故事给我听。祖母不识字，却揣着讲不完的故事。

她的故事，其实从来都不短，有些情节来来回回地唠叨，我却听得十分入迷。只可惜那时不记事，祖母的故事如同远去的风筝在天空划过的一道浅浅的痕迹，风追逐着云，云抹平了痕，岁月悠悠，当年的老故事，只在我的记忆里留下了只言片语。

大学毕业那年，我失去了至亲的祖母，没有见到她最后一面成了我一生的遗憾。那天在回家的路上，我坐在车窗旁，眼泪流了一路，脑海里全是与祖母有关的画面，回到家哭得撕心裂肺，我再也没有祖母了。

我多么希望，她能再等等，等我再长大一些，带她走出去看看，让她小脚下的千层底踩在最美丽的风景里。

穿着千层底，从童年走到青春少年，走出家门、走出村子，走进了向往的大学。我的脚也这样被祖母宠了很多年，宠得格外挑剔，长大了不爱穿高跟鞋，只喜欢穿着平底鞋上下班。习惯很难改变，只管穿得舒服，走得稳，怎样都好，日子便也舒适自由地过着。

越长大就越怀旧，越追求返璞的一风一物。有时路过门店，看到别致的布鞋，目光轻易间离不开它们，千挑万选，得来一双。只是再好看的布鞋，都不及祖母亲手做的柔软舒适。

我还爱着布鞋，可是为我纳鞋底的人却已经不在了。曾经穿在脚上的千层底，成了我心底里永远的怀念。

祖母常常踩着千层底，笑眼盈盈地走进我的梦里。她的小脚蹒跚在从她家到我家的路上，也蹒跚在我的记忆里。

爱你，不纵容你

颜英

弟弟开始会爬时，我6岁。

我是他的小姐姐，我很爱他，我们一起吃东西、扔玩具，也可以安静地坐着看书、撕纸、画画。

同时，我还发现了一件事情，就是弟弟成了我的跟屁虫，对弟弟来说，我是那么富有吸引力。由于弟弟年纪还小，不会说话，他很喜欢模仿我的动作。于是，我经常做些动作让弟弟模仿，他学得很快，经常有出其不意的动作逗得我哈哈大笑，我觉得生活充满了乐趣。

那段时间，我对脚下的袜子有了新的兴趣。每天，我脱完袜子放在鼻子下闻一闻，迅速地丢向一边，他嗖嗖嗖地爬过去捡，逗得我哈哈大笑。这样的玩乐天天在发生，我和他玩得不亦乐乎。

有一天晚上，弟弟嘻嘻地笑着在床上脱袜子，用手拎着袜子放在鼻子下闻一闻，再"嗖"地丢向远处，袜子扔在了妈妈脸上。

这对我来说，绝对不是一件哈哈大笑的事情，我被爸爸训斥一顿后罚站。

爸爸用粉笔在客厅地板画了一个圈,那个圈是照着我的双脚画的,比我的双脚大一点。爸爸要求老老实实在圈里罚站,不得超出圈外,然后他出去加班了。

接着,妈妈抱着弟弟出去散步了。

我百无聊赖地站在圈里,不敢乱动。

我记得,那时我的脚好小,那个圈也好小,我在小小的圈里一动都不敢动。一会儿,我感觉腿麻,于是就蹲下来,就这样站一会儿蹲一会儿反复地折腾了很久……爸爸怎么还不回来呢?

六岁的我开始学会思考了,我觉得让我难受的是这个圈太小了,大一点儿会舒服些。于是,我悄悄地跳出圈外,找到爸爸藏起来的粉笔来画圈,新画的圈比刚才那个圈大一倍,这样可以搬个小凳子坐着很舒服。

开始,我只是小心地画大一点点,然后把原来的圈涂掉。后来觉得画大一点点的圈仍不够我的活动空间,于是再小心地画大一点点,还是觉得不够。于是再画大一点,再把原来的圈涂掉。过了一会儿,我还是觉得不够。于是再画大一点,再把原来的圈涂掉,反复很多次,我越画越大了。

我确定这是个好办法,于是大胆地拿起粉笔涂涂改改地画圈,圈越画越大,我尝试着去喝水、去吃东西,发现都能做到。

我开心地想吹口哨,可是吹不出声音,但是画圈我会的,于是我专心地画圈,忘记了时间……

爸爸加完班回来一进门,瞪大眼睛看着我在房间里走来走去。那个粉笔画的圈,圈到了我家的墙角四周,绿色油漆涂的墙角根被白色粉笔画了几条歪歪扭扭的线条。

"你在做什么!"爸爸对我这个任性的孩子感到很生气。

我用袖子擦一下脸,不敢说话,四周一片静寂。

"知道错哪里了吗？"爸爸走过来抓着我的手臂。

由于手臂很痛，我的泪水铺天盖地流了下来……

"哭有什么用？！我不纵容你做坏事。"爸爸大声说话。

我憋着泪，老实站着不语，偷偷地看爸爸的表情。

爸爸狠狠地瞪着我一眼，"说！错在哪里？"

"我不该乱画圈，弄脏了墙壁。"我小声地答。

"你这是弄虚作假！我没让你画圈，我是要你站在圈里罚站！"爸爸脸色很严肃，"如果这是斑马线，就你一个人站在那儿，红灯来时，你是偷偷地跑出斑马线，还是自己画一条斑马线？！"

那天，爸爸气坏了，我站着被爸爸训斥了几个小时，我第一次发现爸爸会说那么多的大道理。爸爸严厉地告诉我说：没有规矩不成方圆，我胡乱画圈是耍"小聪明"行为，是违反他的规定，我这么做就是一个不守规矩的人，将来如何能成大事。我要为自己不守规矩的行为罚洗自己的袜子一周，并保证将来不可以有耍"小聪明"行为，否则罚洗全家袜子。爸爸还说他爱我，但不纵容我，这是对我负责任。

那时，年幼的我从爸爸严厉的脸色知道自己做得不对。随着我长大，越发理解爸爸的用心良苦，他在教育我明白"无规矩不成方圆"的道理。我也明白了，生活中规矩与我们息息相关，比如买票要排队，喝酒不能开车，红灯不能闯，学生守校规，公民要守法。人们遵守规则，生活才会有秩序，这是公民的责任。

没有不拉弓就射出的箭

颜英

　　每个人都想成为一个强劲的弓箭手，每支箭能成功地射中靶心。

　　古时，有一位名叫羽的武士，身材高大魁梧，做梦都想着拥有箭无虚发的本领，他要找一位名师教学射箭，于是每天四处寻名师。

　　一天，他来到一个小村庄，远远地看到很多人围成半圆，在热闹地叫喊着。他跑过去，挤进人群看，原来是众人在观赏射箭比赛。射箭的靶子是一棵百步外的杨柳树，一片绿柳叶涂上红色作为靶心。现场有几个又黑又壮的弓箭手站出来，信心十足地去挑战，可是都射偏了。

　　羽跃跃欲试也想挑战一番，他走过去时臂膀上鼓起一块一块的肌肉，惊起现场的一片掌声，羽开心地向观众致谢，掌声又响起了一遍。这时，羽拿起了弓箭，大家的注意力都集中在羽身上，羽有点紧张，他憋口大长气，健壮的双臂用力拉开弓弦，观众们都屏住呼吸，期待见证箭中靶心的那一刻。然而，箭"嗖"的一声，没飞出多远就软绵绵地掉落到了地上，众人大失所望，羽涨红脸下场。

这时，一位矮矮壮壮的弓箭手走出来，他一言不发，慢慢地拉开弓弦，凝神屏气，眼睛专注地盯着红色树叶，一秒，二秒，三秒，箭"嗖"地呼啸而出，稳稳射中靶心，现场的掌声经久不息。

羽惊呆了：这是有功夫的弓箭手！他当即向弓箭手拜师学射箭。

弓箭手名叫赢，他没有收羽为徒，反问道："你的梦想是什么？"

羽眼睛一亮，得意地说："我的梦想是成为受人敬仰的神箭手。"

赢不动声色，又问道："以前，你射中靶心的箭有几支？"

羽说："我想学射箭是很久了，但是我从未射过箭。"

赢非常惊奇："为什么？"

羽说："因为我没有拜到名师。"

赢摇摇头："你一心只想找名师，却不拉弓练习，光说不练，世上哪有不拉弓就射出的箭啊！现在，你试试把一支箭拉弓上弦吧。"

羽拿起一支箭，犹犹豫豫地做着拉弓上弦的动作，手中那支箭是射不出去了。

赢继续说道："射箭，训练很重要！练习千千万万次拉弓、上弦、瞄准的动作，才能一箭即中！其实，练箭的关键不在于有没有名师，当你拉起弓箭的时候，才有成功的可能。"

羽脸红了："我太想成功了，以为练箭有捷径。"

赢说："我的师傅不是名师，他告诉我，只有专心全力地拉弓，才能一箭射中靶心，平时练习的功夫决定最后刹那的成败。刚才，我看到你射箭时很在乎观众的掌声啊。"

羽听了这番话，若有所悟。

这是一个武士学射箭的故事，而世间的每个人不就是弓箭手吗？人生中，我们每个人都有自己的理想，都渴望理想能够成功。理想就像我们射箭的靶心，那么，在靶心面前，你做好拉弓上弦的准备了吗？你做好吃苦的准备了吗？

每支发出的箭要拉弓才有力量，天下没有不拉弓就射出的箭。人生没有不展翅就能飞的梦，也没有不努力就能获得的成功，世事皆是。

人得志时，低调三分更稳当

颜英

盛度是北宋时期著名政治家、军事家、外交家，他奉宋太宗、宋真宗、宋仁宗三朝有五十载，因做事稳重、慎言成为"不以宠利而居成功"的奇人。

盛度幼小读书，与大多数读书人一样，走的是一条科举入仕的道路。他在扬州做知府时，仍保持着读书的习惯，家里存放着多年的书籍，每当公事闲暇，即埋头读书，于不释卷。他尤爱诗词，个人风格高峻，思想深厚，有很高的艺术水平。

一天，建州的夏有章经过扬州，他将从建州调往郑州做幕官。在扬州时，他停留一天，因为他听说盛度文采极好，就想去拜访盛度。

当天，盛度正好在家，仆人说夏有章来家拜访，盛度立即起身迎接夏有章。盛度体型高大稍胖，他顶着圆圆的肚子迈大步走到院外，看到夏有章时非常高兴。

夏有章面如白盘，极其俊秀，说话彬彬有礼的样子。盛度很喜欢他，觉得很有缘，于是设宴摆酒招待他。

两人相见，惺惺相惜。盛度喜爱夏有章的才华，夏有章佩服盛度的稳重气度，宴席间他们举杯互敬，你吟一首诗，我唱一曲词，气氛特别融洽。盛度家里的仆人悄悄对夏有章说："盛公不曾设宴招待过路的客人，只有特别器重的人才设宴。"夏有章非常感动，酒喝得更多了，话也多了，他是十分的开心。

到了告别的那天，夏有章想到从此离别后，亦是茫茫客，他写了一首诗感谢盛度。

盛度接到信使送来的装着诗的信封，他拆开信封，态度极为冷淡，派人将诗退还给夏有章，并转告夏有章说："我已经老了，不需此诗了。"然后，闭门谢客，不愿再见夏有章。

夏有章感到十分意外，也觉得尴尬，他去拜见通判刁绎，把事情原原本本都告诉了他。

刁绎问夏有章："你的诗中，有激怒盛度的意思吗？"

夏有章听得莫名其妙："没有啊。"

刁绎又问夏有章："难道诗的文笔不严谨，水平太差？"

夏有章肯定地回答："没有，我的文书一向严谨工整。"

刁绎想了想："大概是诗中写了盛度不中意的内容吧。"

后来，盛度的夫人听说了此事，她问盛度对夏有章为何先热后冷。

盛度摇着头说："唉，没有其他原因，我开始接触他时，看他谈吐不俗，气宇轩昂，认为他会成大器。后来，他的诗让我太失望了。"

盛度的夫人说："一首诗，何必这样认真呢？"

盛度说："他在诗中称自己为'新天地的开拓'，仅仅做一个幕官，就变得这样轻狂！人在得志时，低调三分更稳当。我看他的仕途就到这里了，不信就看吧。"

盛度的夫人说："仅凭一首诗就这样说，是否言重了？"

盛度高声说道："俗话说文如其人，诗中他志已满，官必止于此，他日可验证。"

日子一天天过去了，盛度和夏有章不再有来往。过了一年，盛度听说夏有章被任命为馆阁校勘，夏有章依然爱写诗，他的诗酣嬉淋漓。后来，有一个御史揭发他过去的事，他就改派为国子监主簿，仍旧兼任郑州幕官。不久，夏有章在京城逝世。

夏有章的仕途就此了，正如盛度所说："人在得志时，低调三分更稳当。"

食神妈妈不是大厨

颜英

小时候，每年我心中最大的期盼便是回家过年、过节。

每逢过年，家里就是个美食天堂。米饼、年糕、花生饼、蛋卷、腊肠、芝麻糖、酥饺……都做好了，满满当当地收在一只只红色的铁皮盒内，香气静静地酝酿出新年的喜气，弥漫在家里的角角落落。

妈妈的厨艺了不得地好，几乎是无所不能，就像一个武艺高强的食神，哪怕只是一种简单的蔬菜，都会做得有滋有味。

往往新年来临前一个月，妈妈便开始为这亲人团聚的好日子大忙特忙了。到了除夕，她的"食神功夫"随意一施展，便变出十多个人的丰盛菜肴，鸡鸭鱼肉、冬菇海参，如花团锦簇，让人目不暇接，那种觥筹交错的热闹啊让妈妈一脸的满足，她的眼在笑，唇在笑，皱纹也在笑。

妈妈的拿手好菜是香菇焖鸡，巨大肥厚、品质上好的香菇，经温水泡洗，滤干水分，在与鸡肉长时间焖煮的过程当中，它吸尽了肉的精华，吃到嘴里便有滑嫩鲜香的味道。小小一道冬菇焖鸡，盛满了温馨的快乐亲情，每回闻到那一股熟悉的味道，母亲温慧的笑容便清晰浮现，我们在无数的美味佳肴中成长，妈妈就是我们家的大厨！

每次烹饪过后，妈妈总是仔仔细细地把厨房的器具和角落拭得干干净净，让它常年洁亮如新。收拾完后，妈妈总用一把长长的铁夹子，把几块抹布放在滚水锅里翻搅，再压上盖子煮一会儿，直到彻底把抹布清洗干净。这道工序不亚于烹饪般地精细，妈妈天天如此。每次到了这道煮抹布的工序时，我们都不耐烦地催妈妈动作快点，煮那个玩意儿太不必要了，快快快，我们等着煮汤圆吃呢。

今年的五一，我带着儿子和先生回娘家"度假"去了，外面的世界人太多，不如窝在妈妈家里吃美食呢。儿子听说回外婆家住几天，开心地嚷着："我要吃醋溜鱼！"

我们回家的两天就是帮着洗洗菜，择点青菜，拿着手机看新闻、刷抖音，然后睡睡懒觉，日子在吃吃喝喝玩乐中一天天地过去了。

回家的第三天夜里，我舒服地腻歪在沙发刷屏，儿子倚靠在我身边看动画片，动画片里正好播放教育小朋友讲卫生的视频，视屏里黑胖的大笨熊扭着腰转圈圈，手里挥舞着一块抹布唱着，"勤洗手，讲卫生，勤消毒抹布，唉唉唉……"我一惊，这勤洗手是妈妈从小就要求我们养成的卫生习惯，这勤消毒抹布，不就是我们最嫌麻烦的煮抹布工序吗？

"你知道外婆是做什么的吗？"我低头问儿子。

"外婆是我的大厨啊！"儿子轻快地回答。

"不，外婆是医生！"我轻轻地说，5岁儿子的表情十分惊讶。

我的心里何尝不是大吃一惊呢，是有多久我忘记了妈妈的职业？

在我们成长的岁月里，妈妈总是为我们的衣食住行操劳着。小时候，爸爸为了替自己的事业升拓一片亮丽的天空，没日没夜在外面奔波忙碌，妈妈煮好了那一锅美食，先留给爸爸一份，才和我们草草分食。现在，妈妈仍是为我们操劳着，只要她出现，就像我们的大救星，我们就解放了家务，妈妈说孩子上班累呀，不许我们插手。我们从小被妈妈丰腴的美食喂得满眼亮光、幸福花开，却忘了妈妈是一位职业女性，原来我的食神妈妈不是大厨。

在我们大饱口福时，浑然不知对母亲关注得太少了，作为子女，我们为母亲做了什么呢？我们有没有在家里亲自做一桌好饭好菜，请母亲细细品尝？我们总以为自己是孩子长不大，总觉得父母是常青树，觉得他们不会老，觉得他们会为我们遮风挡雨，觉得他们的羽翼会庇护着我们……直到这么一天，我才猛然意识到，父母已经老矣。

我们都知道，高堂有老是人生的一大幸福，但别再麻木地享受他们的爱，多给父母一些关爱吧。不要等大树倒下的时候才知道要去拼命地把它扶起，人生最遗憾的莫过于"子欲养而亲不待"，不要忘却，更不要忽略，因为父母已老，我们对他们的爱要趁早！我们的食神妈妈，不是大厨。

掌心里的爱

颜英

我的童年是在小城度过的，无忧无虑的，很快乐。

我有一个慈祥的外婆，她陪伴着我成长，我是她的心肝宝贝，我想要的，只要她能做到就都满足我，外婆给了我满满的爱。记忆中最深刻的是每天外婆煮两个鸡蛋给我做早餐吃。早上，当太阳公公挂在天边我还赖床时，外婆轻轻地来叫我，她的右手微微地握拳，然后慢慢地张开——圆滚滚的鸡蛋！我立即惊呼着扑到外婆怀里撒娇……鸡蛋有时候是两个，有时候是一个，这时我还要去找另一个鸡蛋藏在哪儿，外婆的脸儿笑得像朵怒放的花。这是我和外婆最爱玩的游戏，我知道外婆掌心里给我的是爱。

时间一天天地过去，我慢慢长大，到了上学的年纪，每天起床很早，有时候来不及吃外婆煮的鸡蛋就去学校了。外婆没有忘记给我吃鸡蛋的事，她总是计算好我课间操下课的时间，拎着一个小手包来学校。每次我见到外婆就飞跑过去，急急地打开包——两个圆滚滚的鸡蛋，我的最爱，我像馋猫见了鱼似的开心，心里暖洋洋的。

我8岁的那年夏天，发麻疹住院了，病房隔壁床的是一位小妹妹，她叫小青，是感冒发烧住院了。我俩年纪相仿，说说笑笑，打打闹闹，是相依为伴的病友。

我住院两天了，每天百无聊赖地躺在床上，除了吃药打针，就是等着家人来陪护我。我有两天没见到外婆了，我很想她，特别想念她那带给我喜悦的包，想着想着口水都快馋出来了。

"外婆！"咦，外婆真的来了，我眼前一亮。

"英子，好些了吗，想外婆吧？"80岁的外婆满眼慈爱，向我走来。

"当然想啦！"我大声地告诉外婆，我心里的那点小秘密就藏在外婆包里那块微微有点体温的手绢里。

病友小青见到我的外婆来了，嘴甜地打招呼："外婆好。"外婆乐开心了。

"量体温，检查一下哦。"这会儿，王医生来查房了，她轻轻地拉下了病床的帷幕。

外婆见到医生给我检查，就不打扰我们，去到旁边与小青聊天了。小青和外婆聊得挺欢，不时地从帷幕外传来她的笑声。

王医生给我量体温检查完了，打开病床的帷幕，我又见到外婆了，她拎着小包笑眯眯地等我呢。

"外婆，我想你啦。"我的馋眼睛瞄向外婆的小包。

"外婆也想你。"外婆明白我的小心思。"瞧，我带什么来了——"我的眼神似乎要把外婆的小包翻个底朝天，我看到了大白兔奶糖，却没有看到圆滚滚的鸡蛋，小孩儿的那点失望在我心头闪过，这是外婆的头一次忘记了呢，今天外婆怎么了？

"英子，在医院，你要照顾小青妹妹啊。"外婆叮嘱说。

"放心吧，我俩是好朋友。"我大咧咧地说。

"谢谢外婆给我的鸡蛋。"小青甜甜地笑道。

我心里惊了,这不是外婆给我的鸡蛋吗?怎么给了她呢?刹那间,我的泪水铺天盖地流了下来……

我委屈地藏在被单里,迷迷糊糊中,有个声音轻轻地叫我:"英子。"

我睁眼看到外婆在笑眯眯地看我,她手里捧着那块深蓝色的手绢,一层一层打开它,我没有见到那两个圆滚滚的鸡蛋,只有两颗小白兔奶糖……我的眼泪又夺眶而出。

"英子,别哭。"外婆把我紧紧地抱在怀里,悄悄地说,"外婆把鸡蛋给小青了。"

"那是我的。"我任性地哭着。

"爱不是紧紧地抓在自己手心里的,要学会分享啊。"外婆低声和我说道理。

后来,我听到一首歌《爱的奉献》,歌词里"只要人人都献出一点爱,世界将变成美好的人间。"原来,我把掌心的爱分给别人,也是一件美好的事呢。

只要你愿意，永远是少年

涂烨蕾

人生就是一个人生命的旅途。在这场旅途中，或许有人悄悄停下了脚步，或许有人默默负重前行，或许有人相信所有的遇见与失去都是惊喜。

我平常喜欢参加各种线下读书会，让我最难忘的是钱姨的读书会。

那天，迷蒙的雨雾挡住车窗的视线，我轻轻一拨雨刮器，车前出现一位大姐，对我很热情地笑着指路，她的笑容温暖又明媚。

下了车后，她指着眼前的大门告诉我，这就是她创办的读书会。她眼里充满骄傲和自豪，在她身上似乎看不出岁月留下的痕迹，我一直叫她"姐姐"——在我们这边，习惯叫大自己一辈的人姐姐。

她笑成了一朵娇艳的花，与她那一身紫色的连衣裙相映衬，美丽极了。

我走进会场，与其叫会场，倒不如直接说是钱姨的家。钱姨把读书会直接安排在自己家，客厅改成会场，布置得很温馨，但也不失读书会的氛围，其中一间房改为办公室，有两个年轻人在工作，小小读书会，设备、书籍应有尽有。

来参加读书会的小伙伴陆续进来，大家围着坐在一起，有说有笑，完全不像是刚刚认识的人，也许是这里的氛围影响了大家。

读书会开始了，只见主持人介绍完后，就邀请读书会的创办人钱姨上台。钱姨拿着麦克风，目光笃定地望着在座每一位，娓娓道来她创办读书会的初衷，并简单介绍了自己。

当她讲到自己已经70岁时，我内心特别感动，也瞬间涨红了脸，想起了我刚刚称呼她"姐姐"，其实是"阿姨"甚至是"奶奶"——她比我大两辈啊，可是完全看不出来。

钱姨说到许多人都不相信她的年龄，觉得她是为了宣传谎报年龄，但能够让她"隐藏"年龄的不是多么昂贵的护肤品，而是她坚持日复一日的运动和保持学习向上的心。她今年的目标是跑半马，一年听365本书并通过写作分享给他人，做一个利他的人。

她年轻的时候，和大多数人一样，有着远大的理想，每天忙碌地奔波在工作和生活之间，上过朝九晚五的班，也做过三班倒的工作，后来更是自己开厂做生意。虽然后来亏钱了，但她说这几十年没有白过，在六七十岁这个本该享受宁静生活的年纪，她选择了享受与更多年轻人"混"在一起的生活，因此才有了今天的读书会。

正因为她的坚持和利他，她的读书会被电视台报道，而报道的记者正是曾经参加过她读书会的学员。钱姨的读书会影响着大家，很多朋友都参加过她的读书会，每一次每一个主题都有不一样的感悟。钱姨邀请来的嘉宾和讲师也都是无偿讲课，这和钱姨的为人有密切的关系，许多人都选择了与她一同办好读书会，这正是她创办读书会的初心——点亮千千万万人的生活。

读书会结束后，在回家的路上，我一直在想着钱姨。除了读书会的收获，钱姨的乐观向上、积极进取、坚持运动让我这 30 岁的人都望尘莫及。

　　做人可以平凡，但不可以平庸。人生那属于自己的几十年，在遇见和失去中惊喜不断，只要你愿意，永远是少年——永葆一颗纯洁的心，在物欲横流的社会中找到安放青春的角落。

父亲的号角

李银

童年难以磨灭的记忆，是父亲的号角。

那是一只白色的大海螺，很重很结实。与其说大海螺是白色的，还不如说它是黑色的呢，因为大海螺满身都是黑色的油垢，除了嘴巴吹的地方和手抓的地方是白色的以外，其他地方都被顽固的油垢粘住了，还有一股难闻的味道。

那时，每天清晨5点，他的号角声就准时响起，"嘟嘟——嘟嘟——嘟嘟嘟——"声音响亮又悠长，穿越一座座房顶，响彻黎明前的村庄，回荡在村子的上空。每当听到这个声音，村里的人就知道我父亲杀猪回来了，有需要买肉的人家就会到我家来，于是一阵阵说说笑笑声、讨价还价声，还有咚咚咚砍肉剁骨的声音，交错在一起……

儿时的我很讨厌这些声音，因为他总是惊扰我的美梦，让我不能好好地睡一觉。

有一次，我把父亲的号角藏了起来，心想：爸爸没有了号角就卖不了肉，那我就可以好好地睡一觉了。

父亲和母亲满屋子找号角，我却在一边偷着乐。

没有人怀疑是我捣的鬼。

"如何是好？没有了海螺，再怎么喊，别人也听不到啊。"母亲把屋子里每个角角落落都翻了一个遍，焦急地说。

"那我就扯开大嗓门喊吧。"父亲说着就扯开大嗓门"卖肉啊——卖肉啊——"地叫了起来，表情和动作都有点搞怪，把一旁的母亲都逗乐了。

果然，第二天清晨，父亲的叫卖声如期响起，但只有附近两三个邻居来买肉。我还是被吵醒了，我睡眼惺忪，神情迷糊，隐约听到一个邻居说："没有了号角，你怎么卖肉啊，别人听不到消息呢！"

"是呢，平时这个时候至少会卖到20斤肉。没办法，卖肉多少都有点赚。孩子们读书需要钱，将来修房子也要钱。"父亲说着，扯开喉咙"卖肉啊——卖肉啊——"又叫了起来……

平时如果在家卖不完的肉，父亲会骑着他那台车尾架着一个一米长、五六十厘米宽的"肉台子"的二八自行车，把肉带到其他村庄叫卖，一般早上八九点就回来了，然后到地里帮母亲干几个小时活，才回来换了衣服睡觉。

那一天父亲回来得很晚，都下午4点多了，而且肉台上还剩几斤肉。

父亲疲惫不堪，停好车，衣服也没换，躺在床上便呼呼地睡着了。

他的衣服有一股味道，跟他的号角一模一样的油垢味。我怕母亲回来见他没换衣服会骂他，就想着去推醒他换衣服。但无论我怎么喊和推他，他好像梦呓般嘟哝着什么，又沉沉地睡去了。

母亲回来正好看到这一幕。她用手放在嘴边向我做了一个噤声的动作，小声地说："你父亲太累了，没有了号角，肉卖不动，让他睡吧，他半夜3点就起床去杀猪了。"母亲轻轻地帮他盖好被子，把蚊帐放下，我

224

们一起退出了房间。

从那天起我才知道父亲的辛苦。我羞愧难当,悄悄地把海螺放回他的自行车篮子里。

第二天清晨,父亲的号角声又响起了,"嘟嘟——嘟嘟——嘟嘟嘟——"我照样从睡梦中惊醒,但这次我却觉得那声音是多么的好听,就像一首悦耳的歌。

这号角声伴随着我的童年,十多年间,从没有间断过。后来有一次因为走夜路车子滑进坑里,父亲扭伤了腰,才不得不停止他杀猪卖肉的营生,父亲的海螺也被收了起来。我们家还没有过上小康生活,海螺还没完成它的使命,却遗憾地提前"退了休",日积月累蒙上了一层灰尘。

现在我每次到菜市场买肉,听到商贩此起彼落的叫卖声,就不由得想起父亲的号角声,突然间就会感觉到很心酸——这"嘟嘟"的声音里承载着父亲多少艰辛和对生活的美好期盼啊!市场里商贩竭力的叫卖声,跟父亲的号角声不也是一样的动听吗?他们起早贪黑,凭着自己的努力去创造美好的生活。

如果不是父亲扭伤了腰,那"嘟嘟"悠长响亮的声音一定能唱到现在。可是那只大海螺早已"退休",连着那一声声响亮悠长的号角声一起珍藏在岁月里了。

但我的耳旁总是回荡着那号角的声音,它就像一首歌唱在我的生命里,悦耳动听,"嘟嘟——嘟嘟——嘟嘟嘟——"

还是他

婉州

如果说心动是初次拥抱的温暖，如果说喜欢是长久的陪伴，如果说爱是揉进细碎生活里的柴米油盐，我想，我对他的心动和爱意，藏得住岁月，埋得进时光。

这个世界上有很多人都在说爱情，有人叹爱情无常，有人说这世上的遗憾也是一种情趣。最近常看到很多人谈论爱情和婚姻，有人说婚姻是爱情的坟墓，也许这座坟墓埋葬了很多人，这其中也差点包括了我。

毕业后我们成了所有同学眼中的模范情侣，我们一起去了同一个城市发展，我们工作的地方也仅隔一条街，在后来每年的同学聚会上，不断地听说当初学校的某一对又分手了、某个人离开了多年的爱人……所有人都说我是幸运儿，这么多年过去了，竟然还是他。

回想起第一次心动，懵懂的年华，学生模样的打扮，背景是图书馆和食堂。那个时候好像一切都那么简单，一起分享一对耳机，一起去食堂打饭都能让我们十分高兴，我们对爱情都充满期待。

只是时间一天一天地催我们长大，我们失去了一些人，换了一个又一个新环境，对爱情的定义逐渐清晰，对另一半的向往也慢慢有了要求。成长好像是这个世界对我们每个人的考验，它给了我们每个人许多条条框框，也带给我们很多现实的纷扰。我对他的心动，也好像被柴米油盐所占据。很久很久，我们没有背靠背坐在图书馆听同一首歌，我们的时间都被工作和社交占据，就连相约看电影，也要协调一下两人的上下班时间。

很多年前，他送我回宿舍，在楼下我们依依不舍拥抱接吻，心潮澎湃，而如今，我们同坐在一张沙发上，却各自面对手机屏幕；以前收到礼物会很开心，现在就会下意识皱眉："这么大一束花，两百多吧……"我们很少能再像以前一样靠在一起安安静静听同一首歌，再也没有心思像当初一样按照他的口味定制一顿晚餐，跟他牵手的时候我甚至觉得跟摸自己的手没什么区别。新鲜感没了，揉进岁月里的都是现实的纷扰，那天在手机里无意间刷到了一个话题"婚姻长了会不会厌倦"，没有勇气的我慌乱点了退出，对于爱情确实很难有确定的答案，即使是多年的恋爱。

岁月这把刻刀改变的可能不只是我们的容颜，也许更多的是学会离别的成长。这些年告别了太多的人，亲人、朋友，很幸运如今还没有告别那个最初的爱人，可是更遗憾的是，多年陪伴竟然并没有给彼此带来更深刻的安全感。

直到昨天跟很久没见的大学同学聊，他问了句"很久没看见你发合照啦，老公还是他吗"，我说"是啊"。不知道为什么，得到这个答案之后他看我的眼神似乎都变了，有点诧异也有点羡慕。后来的谈话内容我记不得了，可是脑海里却满是回忆：

那天加班，是他来接我回家，晚了一个小时才上车，他也没有发脾气。那天家里马桶堵住了，之后我完全忘记这回事，是他疏通了马桶吗？猫砂每天都要铲吗？我竟然不知道猫砂要怎么铲、要扔在哪里。家里的洗碗布换了几次？好像我很久都没动手洗过碗了吧？那天他送我的花，好像是当季新到的百合吧？记得上学那会儿，我最喜欢百合了。抽屉里永远拿不完的纸都是他放的吧？我随手放在柜子上的项链是他挂起来的吗……

那些生活里的细枝末节，是被我遗忘了吗？

后知后觉。自己原来拥有一段在别人眼里很是难得的关系，也终于想明白那些琐碎的不浪漫的片段，就是喜欢本身，只是它藏在柴米油盐中不那么容易被看见了。其实仔细想想，爱情从来没有因为时间的长短做出了任何改变，只是我们生活的环境变了，我们追求了更多爱情以外的东西，可是这并不妨碍爱情继续保持它的速率生根发芽，婚姻是坟墓吗？可能它真的很不幸埋葬了很多人，但就像那句话说的一样，所谓新鲜感不是跟不同的人去做一样的事，而是跟同一个人去做不同的事。

后来，我不再纠结"过久了会不会厌"这个问题。因为喜欢和冲动也许能让一段关系开始，但只有适合和坚守才能保证一段关系不结束，而所谓难得，就是时隔多年有人问"还是那个他吗"，也能淡淡地回应，"还是他"。

唤醒

张轶慧

每次向家长们反馈孩子们上课的情况和作文情况，都是满满的感动和温暖，特别是得到家长们的认可和信任，那真的是一种幸福！

昨天到今天，真的是冰火两重天，一半是海水一半是火焰。昨天的孩子们让我感觉阅读量太少了，有的孩子居然一本课外书都没有读过，特别是高年级的，让我意外又焦虑，这样的阅读量远远不够，怎么办？

今天的孩子们又让我稍稍放心了一些，特别是二三年级的孩子们，给他们每个人都布置了阅读任务，结果孩子们回家就说要开始看书了！家长们也都积极配合，开始买书，我也想办法用各种激励方式来让孩子们多阅读。

其实看书的孩子和不看书的孩子真的有很明显的区别，最大的区别就是看书的孩子容易静下心来学习和思考。而能够静下心来学习的孩子，一般都不会差到哪里去。

《黄帝内经》说："静则神藏，燥则消亡。"《庄子》说："水静犹明，而况心乎？"荀子说："虚壹而静，静能生慧。"《大学》说："静而后能安，安而后能虑，虑而后能得。"诸葛亮说："淡泊明志，宁静致远。"……

心静的孩子自然也能安下心来看书写作，而内心浮躁不安的孩子就特别好动，常常是坐不住，或者就是想找身边的同学聊天，再或者就是玩文具盒……各种小动作，熬到下课了就感觉又应付了一节课，然后就等着终于所有的课都应付完后回家了。

其实孩子们的世界就是未来大人们的世界，所以差距在很小的时候就已经开始被拉开了。所以我会在课堂上说："现在不吃学习的苦，将来就要吃生活的苦""人生总是很公平的，你的心在哪里，时间就在哪里，收获就在哪里""你一定会为自己的喜欢找到时间的，不是吗？所以喜欢学习的话就一定能找到时间来学习，同样喜欢看书的话也一定会有时间来看书"……

不知道孩子们能听进去多少，但是我只知道教育一定是唤醒，德国哲学家雅斯贝尔斯说过："什么是教育？教育就是一棵树摇动另一棵树，一朵云推动另一朵云，一个灵魂唤醒另一个灵魂。"其实如果孩子能真正懂得读书的意义，那么又有什么可以难住孩子的呢？

所以教育比拼的实质，就是家长自身人生态度的比拼。你播种怎样的人生态度给孩子，你的孩子就会收获怎样的生活高度和深度。而我这个老师就是要用自己的言传身教、以身作则去唤醒一颗颗幼小的种子，用自己的真实行动来慢慢影响它，让它生根发芽、枝繁叶茂。

最后用一句话跟所有家长共勉：真正的教育不是什么都管，也不是什么都不管，在管与不管之间还有一个词叫——唤醒。

跑车逸趣

金熙昆

从刚上班开始，我就担任包头到北京进京列车的列车员。因为工作原因，我比别人去北京的次数多得多。那时，我总是喜欢趁短暂的休息时间到北京的街上逛，或是去北京站附近的胡同里走一走，看看在京城里生活的人们，听听地道的京腔。现在回想起来，那段日子很是有趣。

要说有意思的事儿，要数给亲朋好友捎特产。北京城传统老店里的收银台上，售货员眨眼工夫就打包完糕点礼盒，开始手指利索地拨弄着算盘珠，发出清脆的噼里啪啦声。收钱时，她们用镊子夹住钱，再夹出所找的零钱，放到小铁盘上，用镊子夹着小铁盘递到顾客手中。看似相貌平平的售货员大姐，一个个绝对是业务高手，火眼金睛的验钞水平、娴熟的包装手法，销售一盒小小的糕点简直像是口脑手并用的一场竞赛。

北京的冬天似乎很温柔，趁一场雪的工夫，去北京的名胜古迹转一转，感受飘雪时的故宫、被雪覆盖着的天坛，心中幻想着是不是几百年前，也有哪位贵人出来赏雪。

跑车途中尝到美食时，我心中总有一种说不出的幸福感。刚一开春，沙城的草莓就熟了，一颗颗红得诱人、芳香味浓、柔嫩多汁的草莓令人垂涎三尺，好吃且价格便宜。一到张家口南站，站台上就有卖黄油雪糕的小贩，那里特产的黄油雪糕美味又解暑，偶尔和卖雪糕的小贩讨价还价也成了一种乐趣。盛夏，从北京往家里带一些鲜嫩的秋葵，焯熟后拌上调料就成了老人们整个夏天的开胃菜。

记得2017年11月12日凌晨，由于高铁建设的需要，张家口南站被拆除了，当时这个消息刷遍了很多对张家口南站有感情的人的朋友圈。

那一天，听说是最后一趟列车经停张家口南站。我是个多愁善感的人，听到这个消息时，心中有些恋恋不舍，因为我对张家口南站是有感情的。从2015年，我所值乘的各次列车都要经过张家口南站，特别是每次下行经过张家口南站时，心里就觉得像到家了一样踏实。无论春夏秋冬，它都会矗立在那里，久而久之就像一位老熟人，静静地等待着步履匆匆的人们到来，然后又目送着大家离开。

工作第一年，K264次列车上行经过张家口南站的时刻是凌晨3时20分，车站广播的声音被无限放大，飘在车站上空，值夜班的站务员穿着厚厚的棉袄，像是个装在套子里的人。午夜，整个城市都睡了，只有张家口南站是醒着的，夜深人静的张家口南站显得格外宁静。车厢里旅客疲意地睡去了，鼾声一片，与车站喇叭声里外呼应，好像是在为它伴奏。尤其是在冬季，打开车门，寒冷的空气直入心脾，霎时困意全无。最难忘的是张家口南站上空的一颗星星。十月过后，天黑得早，每次经过张家口南站，那里的上空都会挂着一颗孤独的星星，抬头看向它时，恰好看见横在上空的像极了五线谱的电缆，星星站在高音线上，闪闪发光，美丽极了。因为喜欢这种不经意的美，还特意用笔画过这个画面。像这样不为人知的景色，都是需要被用心发现的。

冬日的夜晚，张家口南站除了凛冽的寒风，皎洁的月光洒在轨道上，一根根钢轨显得那么明亮,纵横交错,伸向远方。时间久了,每当经过那里,都会习惯性地抬头看一看那颗挂在天空上的星星。

　　夏天到张家口南站时,炎炎的烈日晒在后背上,那种炽热感渐渐升温,每次汗水都把蓝色的制服衬衫浸湿。从张家口南站坐车的通勤职工里,有一个叫"瓜子哥"的通勤师傅让我印象极深。"瓜子哥"是地地道道的张家口人,为人热情、礼貌,和蔼可亲。每次坐车他都要买一斤葵花子,靠嗑瓜子打发时间,有趣的是他每次嗑完瓜子都会固定喝两杯茶水,从北京站到张家口南三个多小时的车程,时间就在他的瓜子皮和水杯中度过了。逢年过节,"瓜子哥"就会固定地把瓜子换成坚果,看起来,他是一个循规蹈矩的人。听说有一回为了赶时间,那位"瓜子哥"没来得及买瓜子,一路下来,可把他无聊坏了。

　　无论在春夏秋冬,无论你身在何方,生活中终会有太多有趣的事儿需要用心留意。而那些有趣的细碎生活,总是令我难以忘怀。而那些关于老张家口南站的人、景、事,就让它一直埋藏在我的心中吧。

梦中狂野

金熙昆

去年夏天临近尾声，我独自踏上了额尔古纳之行。

喜欢这个地方，是从"额尔古纳"这个动听的名字开始。起初不知道那里是个不通高铁、没有机场的人口只有两万左右的安逸的小城市。初到额尔古纳拉布大林市区，是从满洲里坐了一上午的汽车，那天逢阴天，洋洋洒洒的雨滴似乎对我的到来没有什么迎接之意。

额尔古纳在海拉尔东北方向。额尔古纳、海拉尔与满洲里，三地的地理关系呈一个三角形，每天有很多海拉尔通往额尔古纳的汽车，可满洲里到额尔古纳只有早上7点的一趟汽车。

我出门多数都不做攻略，觉得确定了去程的机票就足够了，剩下的住宿景点这些问题，只要有一部智能手机在手，都可以信手拈来。也许是天生喜欢随缘，觉得旅行就是充满了更多的不可预见性，在未知的行程中发现新大陆才称得上是奇幻之旅，如果一切行程都握在手掌中，更像是会议流程。

有一句很有哲理的话："心中向往，便是故乡。"不知道是阅读《额尔古纳河右岸》一书，还是《去额尔古纳的几中方式》一书，总是觉得额尔古纳这个地方令我魂牵梦萦。最初额尔古纳没有什么特色的味道，只身一人吃饱喝足后在房间里睡了一下午，说是想想"我是谁"这个问题，可眼皮却酸涩得睁不开。我不知道有多少人有说走就走的独自旅行，他们心中有没有内心向往之地，额尔古纳是我心灵的栖息之地，是我心中狂野的草原，我试想着当自己老矣，夏天在额尔古纳居住，冬天住在一个有海的热带小城，其他时段独自旅居，有一群志同道合的朋友，有一群抚养的孩子们，好像心中的声音告诉我，这就是我向往的人生。像是住在新疆阿勒泰的李娟一样，离开熟悉的地方，离开那片生活了两辈人的故土，去一个新的能量场，一边旅居一边走走停停，闲来写写书，忙来用热爱谋生。

额尔古纳之行，让我收获颇为丰富，在一家也是唯一一家书店里，我无意间翻到了一本手写诗集，一本关于额尔古纳边城和描写生灵的散文，听书店的员工介绍说这是一位退休的老校长所写，想必也是一位和我一样热爱那里的人吧。当看到壮阔的白桦林，我觉得生命的意义是不畏严寒，仍然保持个体本身的模样；看到夕阳下的驯鹿，我觉得生命的意义是活在自然中。离开额尔古纳的那一刻，我想起一位哲人说的话：生命本无意义，更多的是自我所赋予生命更多意义。

巧合的是，在额尔古纳之旅的路上，看到了这句尼采的名言："每一个不曾起舞的日子都是对生命的辜负。"是啊，每一天都给自己一个新的生命体验，这也是我所追求的。我有一个坚持了一年的好习惯，就是每天在日记本上记录下自己的日常所做，然后选择一天中最有意义的一件事标星，随便翻看每一天，看到许多星星点点的符号出现，就觉得自己没有辜负青春浪费生命。这样的行为，好像也是我对自己没有虚度时光的一种证明。久而久之，心中的荒原突然长满了青草，每日坚持读书，思想就不受现状约束，每天坚持内观自我，心中仍然保留着一片狂野。

向着心中召唤的地方行进，给予我更多的灵感和启示，从小热爱服装设计，去过额尔古纳之后，我内心的声音再一次告诉我，我要努力成为一名服装设计师，设计一件让人终身可穿的成衣，少女时穿，成家后穿，仪式时穿着，年迈后依然爱不释手。在每个重要场合，它都是不可缺少的、带有个人气质的大衣，然后每年在衣服上进行装饰设计，让个人风格永存于这件大衣上……

心中有梦是极好的，在一个大数据定向投食的时代，我深知像我这样内心满是幻想的人不多了——也许还有许多，只是我没有遇到；不过在这个一切皆快的时代里，我更愿意聆听内心深处的声音，过自己喜欢的生活，让生活的步履变慢，内心的声音更清晰。

梦中狂野，便是所向。

窦棚沟畔听蛙鸣

尹维鸿

窦棚沟有水流从我居住的这个小区后面潺潺流过，汇入七渔河水系。

我家所在的这栋楼，恰好在窦棚沟畔。春夜里每天伴我入眠的音乐是从水草间传出的蛙鸣声。就像今夜，春雨潇潇，蛙鸣阵阵，一场充满原始风情的音乐会即将上演。

晚饭后在沟岸上散步，微阴的天气里风也显得格外凉爽，给我们消去了白天的闷热。窦棚沟宛若一个巨大的宽幕舞台，从东到西不时地传来几声蛙鸣——这一处连续叫了几声停止了，过不了多久，又闻另一处蛙鸣传来，每只青蛙都好像是窦棚沟大舞台的主角，在做演出准备。

似乎还有未尽的安排，它们你一言我一语地讨论着，一个意见，一声应和，有时陷入深思，有时又突然慷慨激昂……

盛大歌会即将开始，舞台略显空荡，人家一个两个随意走上台去，你喊一嗓子，他亮一歌喉——这是演出前的开声，可以随意一点，也不必那么紧张那么正式。

观众入场前，少不了买点零食，边吃边赏，所以小区门口卖水果的、卖快餐的、卖鸡蛋的、卖牛奶的，都临时把摊位支到窦棚沟畔不远处的马路边。路边的休闲广场上，小孩子不时地跑来跑去，好像已经等得不耐烦了。演出正式开始前，场内往往是嘈杂与混乱的。但只要灯光暗下，音乐响起，场面会顿时安静。

一阵凉风吹来，告诉人们，演出快要开始了。观众席位置参差错落，整齐中富有变化。从一楼向上看，是那么整齐；从大门向里看，是那么宁静。

飘洒的小雨是乐曲的引子，情绪开始酝酿，大幕徐徐拉开。小摊急忙收起，大人孩子们赶快回家列坐在栋栋层层的观众席上。我与舞台之间没有其他建筑阻拦，应该是观众席中最理想的位置。舞台近前意更浓，我占了地利的优势。

演出正式开始，乐曲的主旋律是"呱、呱、呱、呱——"，就像贝多芬《命运交响曲》的主旋律"当、当、当、当——"一样，不断地响起。先是独唱："呱、呱、呱、呱——""呱、呱、呱、呱——"……每个独唱者的声调、气势、音质、音量各不相同，有的高亢，有的低沉，有的清脆，有的嘶哑，连缀在一起，便产生了高低抑扬、虚实相间的韵律。然后开始拉歌，这边一支，那边一首，这边结束，那边响起，似乎都要压住对方，赢得观众。声调越来越高，蛙儿们越唱越急，声音愈加嘹亮，演出渐渐地趋向高潮。

随即，两个声部开始了无缝连接。"呱、呱、呱、呱""呱、呱、呱、呱""呱""呱""呱""呱呱""呱呱呱""呱呱呱呱""呱呱呱呱呱"……

每个声部的歌者都是不遗余力，你方唱罢我登场，这边唱来那边和，从东到西，随处可以听见蛙鸣，随处可以欣赏歌声。我仿佛看到，偌大的舞台上，一个个歌者怀着朝圣般的虔诚，挺起肚子，瞪大眼睛，抖擞精神，用满腹的气力、满腔的热情，放出最真诚的歌声，竭尽全力让每一场盛会都没有瑕疵，不留遗憾。应和声同样此起彼伏，小雨打到凉棚顶上，"啪啪啪……"，雨水从凉棚的边角泻下来，"哗哗哗……"，风从南北楼宇间吹过，"呼——呼——呼——"……

您见过吗？那么宽广的舞台，那么庞大的乐队，如此众多的演员，如此豪迈的气势，一起唱起了丰收年景的步步高。看过张艺谋执导的"印象系列"的实景演出，以强烈的视觉冲击力深深地震撼着游客的心灵，但是，那舞台是搭建的，灯光是通电的，缤纷的画面往往是投影仪带来的虚幻，因此，印象只是印象，离开了现代化的技术，既玩不转舞台，也刺激不了观众。哪里如我眼前的演出啊，看吧，十里长沟当舞台，万千青蛙唱春声，数栋高楼列观众，天地风雨助豪情！没有灯光，无须彩排，一切都是最真实的原汁原味，最古朴的清唱清和，最原始的内心宣泄，最本色的生命告白。别停下，唱吧，唱吧，再高亢一些，再嘹亮一些！举起酒杯，痛饮三杯美酒，壮怀激烈；提起羊毫，野泉声入砚池，余音不绝！

这是灵魂的洗礼，这是精神的盛宴！

当一切归于沉寂，梦乡中依然是阵阵蛙鸣，歌唱着自由的生命，丰收的年景。

建菊

五非鱼

建菊爱吃糖，所以经常牙疼，后来牙齿掉光了，换了一副假牙，吃糖吃得更理所当然。

于是，包子是糖心的，饺子是糖饺子，连做的糯米糍粑也毋庸置疑，肯定也是甜馅儿的。

做完了就噘着个小嘴，递给你。长期戴着假牙，使唇纹显得更深，嘴边还飘着几根小胡须，说："喏，你的，赶紧吃！"仿佛只有这刚从热锅里滚出来的，才是顶顶好吃的。

果不其然，这馅儿真的是甜齁了，可我不总爱吃甜的。匆匆三两口扒拉完，就琢磨着从外公手里拿些钱，买些更好吃的。

你说，这糖有这么好吃吗？

"悄悄告诉你，我外婆敢吃糖拌的活泥鳅。"我跟和我一起买干脆面的坤子说。可他不相信。后院的某个搪瓷盆里，就藏着在吐沙的活泥鳅，我想带坤子看，又纠结着不敢去。一想到覆在盆底的、蠕动的泥鳅，就有点头皮发麻，干脆面也不想吃了。前两天刚看着建菊吃了两条糖渍的活泥鳅——一堆大人围着，各个都说吃这个好，我躲在门背后远远地捂着眼睛不时瞄一下，边瞄边干呕，一边还大喊让建菊拿远点。建菊发现我恶心，就把门关上了。后来，把这个搪瓷盆收在厨房的哪个角落，骗我说不吃了。

一包面还剩了个零星半点，看着天已微微透出点黑意，没胃口的我怕赶不上看动画片，就匆匆和坤子道别，拍拍嘴边的残渣，飞快甩着腿就跑回家了。

建菊看电视不爱开灯，觉得晃眼睛。我喘着大气穿过堂屋，就看到电视机前有一团黑影，圆圆的脑袋搭上圆圆的身材，坐在藤椅上像个圆皮球，别提有多富态了——大家都说她是个有福的老太太。

老太太不识字，可最爱看《新闻联播》认字，这好学的劲儿，外公都让我多学学。

果不其然，电视里又放着新闻。习惯了抢不到电视，我默默地准备回房间写作业。不让大人操心自己写作业，我想这是我蛮让外公外婆省心的地方。

"莫跑，又出一身汗！"建菊赶忙叫住了我，"快来让我摸摸别着凉了。"于是，我腻歪地靠在建菊身上。她粗糙的手滑过我的背，略微有点儿刺疼。凑得太近了，香辣味的干脆面也暴露无遗。她一边轻抚着我的背一边说："吃的什么，猴儿？一天到晚不好好吃饭。"被发现的我不好意思嘿嘿一笑，拿出藏在兜里只剩下一小撮的干脆面。建菊问我还吃不，我吃不下了，便照实说。建菊展开袋子，就着电视和窗外的亮光，一个字一个字地认着说："干、危、面。""错了，外婆，是干脆面！"她"哦"了一声，晃着脑袋再确认了一下："哦，脆！"便拿了去，"刚好我要塞一下牙缝。"看着剩下的一点渣，我有点不好意思，后悔没多留点。建菊吃了一口，喷笑说："塞牙都不够！"我莫名害羞了一下跑到房间乖乖地写作业去了。

　　转眼间，我长大了，建菊又老了不少。我也越发了解建菊了。

　　她其实没有那么爱吃糖，当时她生病了，怕耽误孩子们工作，就听信赤脚医生开的偏方。当时她也以为我是孩子也最爱吃糖了，其实我最爱吃的都是香辣味的鱼干。

　　建菊看什么都爱认字，其实她只是希望自己可以多看几遍孩子们写回来的信，因为外公总没什么耐心，每次念一遍，就不给她读了。

　　建菊其实也不爱看新闻，她更喜欢看的是《上错花轿嫁对郎》，只是怕每次错过《天气预报》，就守着《新闻联播》——她就想看看她的孩子们所在的城市的天气。上海天气的好坏，我从她那两条又长又淡的眉毛就可以看出了。

　　冬天，感觉建菊更加圆润了，厚实的衣服束缚着她的动作，却丝毫不减少她的"活跃度"，她热火朝天地为她的儿子、女儿、孙子外孙们忙来忙去。

　　建菊叫"老婆子"，又叫"妈"，也叫"奶奶""外婆"……

　　但我希望大家都记得她叫建菊，希望建菊可以永远活在她热爱的日子里！